你还没有爱过

张晓风 著

人民文学出版社
PEOPLE'S LITERATURE PUBLISHING HOUSE
本书由台北九歌出版社授权出版

著作权合同登记号　图字 01-2012-7142

图书在版编目(CIP)数据

你还没有爱过／张晓风著. —北京：人民文学出版社,2016
ISBN 978-7-02-011656-0

Ⅰ.①你…　Ⅱ.①张…　Ⅲ.①散文集-中国-当代
Ⅳ.①I267

中国版本图书馆 CIP 数据核字(2016)第 108648 号

责任编辑　陈建宾
特约策划　陶媛媛
封面设计　汪佳诗

出版发行　人民文学出版社
社　　址　北京市朝内大街 166 号
邮政编码　100705
网　　址　http://www.rw-cn.com

印　　制　山东临沂新华印刷物流集团
经　　销　全国新华书店等

字　　数　150 千字
开　　本　890 毫米×1240 毫米　1/32
印　　张　8.625
版　　次　2014 年 1 月北京第 1 版
印　　次　2016 年 7 月第 1 次印刷

书　　号　978-7-02-011656-0
定　　价　42.00 元

目录

同是今春看花人

（新版总序）

台北有一棵树，名叫鱼木，从南美洲移来的，长得硕大伟壮，有四层楼那么高，暮春的时候开一身白花。这树是日据时期种下的，算来也该有八九十岁了。

今年四月花期又至，我照例去探探她。那天落雨，我没带伞，心想也好，细雨霏霏中看花并且跟花一起淋雨，应该别有一番意趣。花树位在新生南路的巷子里，全台北就此一棵。

有个女子对面走来，看见我在雨中看花，忽然将手中一把小伞递给我，说：

"老师，这伞给你，我，就到家了。"

她虽叫我老师，但我确定她不是我学生，我的第一个反应是拒绝，素昧平生，凭什么拿人家的伞？

"不用，不用，这雨小小的。"我说。

"没事的，没事的，老师，我家真的就到了。"她说得更大声更急切，显得益发理直气壮，简直一副“你们大家来评评理”式的架势。

我忽然惊觉，自己好像必须接受这把伞，这女子是如此善良执着，拒绝她简直近乎罪恶。而且，她给我伞，背后大概有一段小小的隐情：

这棵全台北唯一的鱼木，开起来闹闹腾腾，花期约莫三个礼拜，平均每天会有一千人跑来看她，看的人或仰着头，或猛按相机，或徘徊踯躅，至于情人档或亲子档则指指点点细语温婉，亦看花，亦互看。总之，几分钟后，匆忙的看花人轻轻叹了一口气，在喜悦和怅惘中一一离去。而台北市有四百万人口，每年来看花的人数虽多，也只是二三万，算来，看花者应是少数的痴心人。

在巷子里，在花树下，痴心人逢到痴心人，大概彼此都有一份疼惜。赠伞的女子也许敬我重我，也许疼我怜我，但其中有一份情，她没说出口来，想来她应该一向深爱那棵花树，因而也就顺便爱眷在雨中痴立看花的我。

我们都是花下过客，都为一树华美芳郁而震慑而俯首，“风雨并肩处，曾是同年看花人”。

那天雨愈下愈大，我因有伞，觉得有必要多站一会，才对得起赠伞人。花瓣纷落，细香微度，我想，我还能再站一会儿。

后记:

这是一篇应出版社要求,为“老书新出”写的序,出版的地点在中国大陆,可是我不会写序,所以写出来的仍是一篇散文。偶有人问我:“为什么你在中国大陆也有读者?”我想,远方的读者应该是喜欢那些隐身在文字背后、属于古老文化中的华茂浑朴的记忆——啊!我们都是站在同一棵大树下惊艳的看花人,在同一个春天。

张晓风

二〇一二年七月

一本书，能不能像一块琥珀呢？

（2007 年版代序）

她八十岁了，我和 M 去看望她。

一起在外面吃了饭，她带我们回到她那间有着落地窗的书房。泡了茶，端上点心，我们以为要来闲话家常了，不料她却拿出一本小书。书的装订十分考究，黑色面皮，页侧涂金，大小却只有常见的三十二开本的一半，刚好可以放在手掌上。

“这，是《圣经》吗？”

因为她拿出来的时候态度十分慎重，我一时不敢打开看，只好问一句。

“你看吧！”

果真是《圣经》，《圣经》并不奇特，到处都有——你甚至想得到一本免费的也不难——这一本，想必有点不同。

“你看这里。”

我看到了题赠的字，一看日期，不禁有点吃惊，一九三七，原来是整整七十年前有人赠她的。题的句子也有点奇怪，那句子里有一句是这样写的：

“祝福你那美丽的前途……”

照我一厢情愿的想法，年轻男孩写给年轻女孩的题字，当然应该写成“祝福你那美丽的明眸”才对。

“不，不是，我们之间不是那种情感，我当时还小，十三岁，又黑又瘦，体重只有三十七公斤……”

她淡淡的分辩，我倒也相信，八十多岁的人不必为七十年前的事去文饰什么。

男孩的父亲是辽宁省的一位警察局长，那时日本人已经占了东北，大概因为掩护地下情报人员，就给浇上汽油活活烧死了。男孩那时还小，逃出来，逃到北京，进了流亡学生的中学，后来又去从了军，做了飞行员。可是，男孩是个基督徒，善良的他不能照耶稣的话去爱烧死他父亲的日本人，相反地，他杀他们，他为此万分矛盾痛苦。但他也有个原则，他只开驱逐机，不开轰炸机，意思是说，我不去打你，你来打我我才还手。他前后歼敌十八人，最后在民国三十四年五月——抗战胜利前三个月——在空战中中弹身亡。当然，死在沙场上的人是尸骨无存的。

对他，那也许是个解脱，他不必再被“爱仇敌”和“誓报家国父兄之仇”所撕扯，他自己死了。我心底为那男孩痛，为年轻的他不知如何在耶稣圣训和国仇家恨中立身而痛。他一度幻想自己可以做“随军牧师”，因为他看到从美国来帮我们打仗的陈纳德将军的部队中有这个编制。可是在我们的空军里，这件事是不可能的。

“那本《圣经》，无论我走到哪里，它从来没有离开过我，就是现在，它也在我伸手可及之处。”

男孩的照片她也保留，男孩如果活着，现在是八十九岁，但他在二十七岁时就走了，照片里的他仍在二十出头之年。淡褐色的老照片，锁住青春无限。

“我还记得他那天来跟我告别，特地约我出来，就为送这本《圣经》给我，那是在江边，他们的部队要集合，他因为过来送书，怕赶不上，离开我的时候便转身小跑步而去……”

就那一阵小跑步，他便跑离了她的生命，从此消失。

我和 M 静静地听她说那些七十年前的事，黑皮金边的《圣经》静静地躺在桌上，阳光则静静流过楼下的草坪。

那个男孩死后，官阶由中尉追为上尉，他名字后面多加了“烈士”两个字。从此，他从人世中被注销，他，以及他的悲怆身世。

茶凉了，她殷勤地为我们续上热水。

“祝福你那美丽的前途”，那男孩把自己投入沙场之际，当然明白那是一座骨岳血海，他祝福女孩，愿她前程远大，一生璀璨发光，她后来的一生也证实了那祝福。

回到家，接到《你还没有爱过》的校稿，这本二十六年前出版的老书，现在又要用新瓶再包装一次。忽然，下午忍着没有流下的眼泪，此刻终于滴在校稿上。

如果一个人，没有国可以去爱，或一个国，没有人来爱，都是极可悲的事吧？有些故事，我仍打算继续说下去，否则，在这个诓骗成习的时代难保不被人看作谎言。

但这是真的，曾经有一个时代，曾经有一批人，他们真的为这个国家这个民族而碧血洒天、白骨掷地。这份情，我自觉欠他们的。如果没有他们，不能有今日之我，不能有太平盛世中好命的我，以及我的下一代……支撑我们行过朔野的，是狂风中那些萎落如飘零枯叶的脸啊，是那些没有名字也没有富贵荣华、在一刹间旋开又旋灭的脸啊！

一小块琥珀，有时竟在透明的松脂中包覆了二千万年前一只小蜂，以及蜂尾上刚采的无花果花粉。也有时是一只蚊子，刚吸饱了某些生物的血。一本书，能不能像一块琥珀呢？一本书，可不可以扮演目击证人呢？

啊，这个问题太大，可以回答的人应该不是我，出版社要求于我的，以及我今夜份内该做的，不过是把不该有的错字修正一番罢了。

二〇〇七年五月桐花漫飞之季

亦秀亦豪的健笔

——我看张晓风的散文

余光中

三十年来台湾的散文作家,依年龄和风格大致可以分为四代。第一代的年龄在八十岁上下,可以梁实秋为代表。第二代在六十岁左右,以女作家居多,目前笔力最健者,当推琦君,但在须眉之中,也数得出思果、陈之藩、吴鲁芹、周弃子等人,不让那一代的散文全然变成"男性的失土"。第三代的年龄颇不整齐,大约从四十岁到六十岁,社会背景也很复杂:王鼎钧、张拓芜、林文月、亮轩、萧白、子敏等人都是代表;另有诗人而兼擅散文的杨牧与管管,小说家而兼擅此道的司马中原(张爱玲亦然,但应该归于第二代)。第四代的年龄当在二三十岁,作者众多,潜力极大,一时尚难遽分高下,但似乎应该包括温任平、林清玄、罗青、渡也、高大鹏、孙玮芒、李捷金、陈幸蕙……等人的名字。

大致说来,第二代的风格近于第一代,多半继承五四散文的流风余绪,语言上讲究文白交融,笔法上讲究入情入理,题材上则富于回忆的温馨。第三代是一个突变,也是一个突破。年龄固然是一大原因,但真正的原因是第三代的作家大多接受了现代文艺的洗礼,运用语言的方式,已有大幅的蜕变。他们不但讲究文白交融,也有兴趣地酌量作西化的试验,不但讲究人情世故,也有兴趣探险想象的世界。在题材上,他们不但回忆大陆,也有兴趣反映台湾的生活,探讨当前的现实。他们当然欣赏古典诗词,但也乐于通用现代诗的艺术,来开拓新散文的感性世界,同样,现代的小说、电影、音乐、绘画、摄影等等艺术,也莫不促成他们观察事物的新感性。

> “要是你四月来,苹果花开,哼……”
>
> 这人说话老是使我想起现代诗

张晓风的散文《常常,我想起那座山》中的两句话,正好用来印证我前述的论点。在第三代的散文家中,张晓风年纪较轻,但成就却不容低估。前引的两句和现代诗的关系还比较落于言筌,再看她另一篇作品《你还没有爱过》中的一句:

> 而终有一天,一纸降书,一排降将,一长列解下的军刀,我们赢了!

这一句话写的是日军投降，但是那跳接的意象，那武断而迅疾的句法，却是现代诗的作风。换了第二代的散文家，大半不会这么写的。

张晓风的一枝健笔纵横于近二十年来的文坛，先是以散文成名，继而转向小说，不久又在戏剧界激起壮阔的波澜，近年她的笔锋又收回散文的领域，而更见变化多姿。她在散文创作上的发展，正显示一位年轻作家如何摆脱了早期新文学的束缚，如何锻炼了自己的风格，而卓然成为第三代的名家。早在十三年前，我已在《我们需要几本书》一文中指出："至少有三个因素使早期的晓风不能进入现代：中文系的教育，女作家的传统，五四新文学的余风。我不是说，凡出身中文系、身为女作家，且承受五四余泽的人，一定进不了现代的潮流。我只是说，上述的三个背景，在普通的情形下，任具一项，都足以阻碍现代化的倾向。晓风三者兼备，竟能像跳栏选手一样，一一越过，且奔向坦坦的现代大道，实在是难能可贵的。"

十三年后回顾晓风在散文上的成就，比起当日来，自又丰收得多，再度综览她这方面的作品，欣赏之余，可以归纳出如下的几个特色：第一，晓风成名是一九六〇年代的中期，那时正是台湾文坛西化的高潮，她的作品却能够免于一般西化的时尚，既不乱叹人生的虚无，也不沉溺文字的晦涩。第二，她出身于中文系，却不自囿于所谓

"旧文学",写起文章来,既少饾饤其表的四字成语或经典名言,也无以退为进以酸为雅的谦虚作态。相反地,她对于西方文学颇留意吸收,在剧本的创作上尤其如此。读她的散文,实在看不出是昧于西洋文学的作家所写。第三,她是女作家,却能够摆脱许多女作家,尤其是一些散文女作家常有的那种闺秀气,其实从《十月的阳光》起,她的散文往往倒有一股勃然不磨的英伟之气。她的文笔原就无意于妩媚,更不可能走向纤弱,相反地,她的文气之旺,笔锋之健,转折之快,比起一些阳刚型的男作家来,也毫不减色。第四,一般的所谓散文家,无论性别为何,笔下的题材常有日趋狭窄之病,不是耽于山水之写景,就是囿于家事之琐细,旧闻之陈腐,酬酢之空虚,旅游之肤浅,久之也就难以为继。晓风的散文近年在题材上颇见拓展,近将出版的《你还没有爱过》一书可以印证她的精神领域如何开阔。在风格上,晓风能用知性来提升感性,在视野上,她能把小我拓展到大我,仍能成为有份量有地位的一流散文家。

《你还没有爱过》里面的十五篇散文,至少有八篇半是写人物——《承受第一线晨曦的》只能算是半篇。这些人物,有的是文化界已故的前辈,像洪陆东、俞大纲、李曼瑰、史惟亮;有的是曾与晓风协力促进剧运的青年同伴,像姚立含、黄以功;更有像温梅桂那样奋斗自立的泰雅尔族山胞。后面的三个人物写得比较详尽,但也不是正式的传记。前面的四个名人则见首而不见尾,夭矫云间,出没无常,只是一些生动的印象集锦。而无论是速写或详叙,这些人物在晓风的笔下,都显得亲切而自然,往往只要几下勾勒,颊上三毫已见。晓风的笔触,无论是写景、状物、对话或叙事,都是快攻的经济手法,务必在数招之内见功,很少细针密线的工笔。所以她的段落较短,分段较多,事件和情调的发展爽利无碍,和我一般散文的长段大阵,颇不相同。晓风的文笔还有一项能耐,便是雅俗、文白、巧拙之间的分寸,能依主题的需要而调整,例如写耆宿洪陆东时的老练,便有别于《蜗牛女孩》的坦率天真。

几篇写人物的散文之中,我认为味道最浓笔意最醇的,是《半局》和《看松》。这两篇当然不是传记,而是作者一鳞半爪的切身感受和亲眼印象,却安排得恰到好处,真有“传神”之功。也许晓风和文中的两位人物——一位是她的系主任,一位是同事——相知较深,所以往事历历,随手拈来,皆成妙谛,比起其他人物的写照来,更见突出。我认为这种散闻轶事串成的人物剪影,形象生动,意味隽永,是介于《史记》列传和《世说新语》之间的笔法,希望晓风以后多加发挥。尤其是《半局》一篇,墨饱笔酣,六千字一气呵成,其中人物杜公的意态呼之欲出,不但是晓风个人的杰作,也是近年来散文的妙品。我甚至认为,《半局》的老到恣肆之处,鲁迅也不过如此。请看下列这一段:

有一天，他和另一个助教谈西洋史，那助教忽然问他那段历史中兄弟争位后来究竟是谁死了，他一时也答不上来，两个人在那里久久不决，我听得不耐烦：

“我告诉你，既不是哥哥死了，也不是弟弟死了，反正是到现在，两个人都死了。”

说完了，我自己也觉一阵悲伤，仿佛《红楼梦》里张道士所说的一个吃它一百年的疗妒羹——当然是效验的，百年后人都死了。

杜公却拊掌大笑：

“对了，对了，当然是两个都死了。”

短短的一段文字里，从历史的徒劳到人生的空虚，从作者的伤感到杜公的豁达，几番转折，真是方寸之间有波澜。再看结尾的一段：

对于那些英年早逝弃我而去的朋友，我的情绪与其说是悲哀，不如说是愤怒！

正好像一群孩子，在广场上做游戏，大家才刚弄清楚游戏规则，才刚明白游戏的好玩之处，并且刚找好自己的那一伙，其中一人却不声不响地半局而退了，你一时怎能不愕然得手足无措，甚至觉得被什么人骗了一场似的愤怒。

这一段的比喻十分贴切，而对于朋友夭亡的反应，不是悲哀，却是愤怒，好像没可奈何之中，竟迁怒造化的无端弄人。这，就是我所谓作者的英伟之气。《半局》的题目就取得很好，而尤见功力的，是文中感情的几经变化，那样“半忘年交”的友谊，戏谑中有尊敬，低回中有豪情，疏淡中寓知己，读来真是令人“五内翻涌”。

这样的杰作，在民初的散文里也不多见。可是晓风散文的多度空间里，比他们要多一度空间，那便是现代文学，尤其是现代诗的启示。像《半局》中的这一段：

> 杜公是黑龙江人，对我这样年龄的人而言，模糊的意念里，黑龙江简直比什么都美，比爱琴海美，比维也纳森林美，比庞培古城美，是榛莽渊深，不可仰视的。是千年的黑森林、千峰的白积雪加上浩浩万里、裂地而奔窜的江水合成的。

便是我前文所谓“第三代的散文”，因为它速度快，笔力强，一气呵成，有最好的现代诗那种莽莽苍苍的感性。仅有感性，当然不足以成散文大家，但是笔下如果感性贫乏，写山而不见其峥嵘，写水而不觉其灵动,却无论如何成不了散文家。晓风写景记游的一些近作如《常常,我想起那座山》,在抒情散文的创作上成就惊人,“临场感”(sense of immediacy)甚为饱满的感性,经灵性和知性的提升之后,境界极高。在这种散文里,晓风已经是一位不分行的诗人了。晓风偶尔也写些诗,但句法刚直,语言嫌露,佳作不多。我倒觉得,能在写景或抒情的散文里挥洒诗才,也是一种高妙之境,原不一定非要去经营“分行的艺术”。其实,晓风散文中写景之句,论空灵,论秀逸,论气魄,比起许多现代诗的佳句来,并不逊色。《常常,我想起那座山》中许多附有小标题的片段,都是笔法精简感性逼人眉睫的妙品,例如写梅骨的一段,真能攫住老柯心里秘藏欲发的生机。又如她写夜色,有这样的句子:“深夜醒来我独自走到庭中。四下是彻底的黑,衬得满天星子水清清的。”又说:“文明把黑夜弄脏了,黑色是一种极娇贵的颜色,比白色更沾不得异物。”下面的一段设想奇妙,那种想象力,真可以博得东坡一笑:

山从四面叠过来,一重一重地,简直是绿色的花瓣——不是单瓣的那一种,而是重瓣的那一种——人行水中,忽然就有了花蕊的感觉,那种柔和的、生长着的花蕊,你感到自己的尊严和芬芳,你竟觉得自己就是张横渠所说的可以“为天地立心”的那个人。

再看下面这一段：

十一点了，秋山在此刻竟也是阳光炙人的，我躺在复兴二号(注)下面，想起唐人的传奇，虬髯客不带一丝邪念卧看红拂女梳垂地的长发，那景象真华丽。我此刻也卧看大树在风中梳着那满头青丝，所不同的是，我也有华发绿鬓，跟巨木相向苍翠。

这真是神乎其想的豪喻，晓风身为女作家，不自比红拂女，却自拟虬髯客，正是我所谓的英伟之气。至于“华发绿鬓，跟巨木相向苍翠”一句，也有辛弃疾山人相看妩媚之意，仍是自豪的。在同一章中，晓风又喻那擎天神木为“倒生的翡翠矿”，也是匪夷所思。此文的“后记”第三则又说：

夏天，在一次去台旅行之前，我又去了一次拉拉山，吃了些水蜜桃，以及山壁上倾下来的不花钱的红草莓。夏天比秋天好的是绿苔上长满十字形的小紫花，但夏天游人多些，算来秋天比夏天多了整整一座空山。

整段文字清空自在,不用说了,奇就奇在最后那一句:"算来秋天比夏天多了整整一座空山。"照讲夏天叶茂人多,应该夏多于秋才对,但作者神思异发,认为入山贵在就山,不在就人,所以要比空寂之美,却是秋富于夏。这种妙笔,散文家也不输诗人。

张晓风这本新书里佳作尚多,不及一一细析,但还有一篇值得再三诵读的,便是书名所用的《你还没有爱过》。此地所谓的爱,是国家民族的大我之爱。作者在贵阳街历史文物馆里,吊古低回,感奋于民初青年慷慨报国的忠义精神。她一面瞻仰早期军校朴拙而庄严的同学录,一面从那些古色古香的通讯地址去揣摩那些相中人物乡镇的情景,领着读者作纸上的故国神游:

郭孝言　年十九　镇江城内小市口杜宅后院

章　甫　年廿三　湖南永州老县门口章吉祥药号交

李亚丹　年廿二　湖南岳州桃林喻义兴宝号转旧屋李家

就这么几十个简单而又落实的地址,便激发了作者无穷的乡国之思,同胞之爱,引爆了她光华四射的想象。这些古色斑斓胆气照人的名录,具体可握如历史的把手,作者逐条加上自己的按语,就像实地低回时心中起伏波动的意识流,虚实相激相荡,真是善作安排。及

其高潮,下面的这段文字更是喷薄而出:

> 只为一声戍角,那些好男儿从稻田从麦田从高粱田,从商行,从药铺,从磨坊,从鱼行,从杂货铺,从酒坊一一走出来,就这样,走出一番新翠照眼的日月山川,不知为什么,越读那些土里土气的小地名,越觉有万千王师的气象,每翻一张扉页,竟觉得在腕底翻起的是飒飒然的八方风雨。

能写出这种节奏、这种气魄、这种胸襟的散文,张晓风不愧是第三代散文家里腕挟风雷的淋漓健笔,这枝笔,能写景也能叙事,能咏物也能传人,扬之有豪气,抑之有秀气,而即使在柔婉的时候也带一点刚劲。在散文的批评里,梁实秋的风趣,思果的恬淡,琦君的温馨,早经公认,赏析已多,但散文天地的广阔正如人生,淡有淡味,浓有浓情,怀旧的固然动人温情,探新的也能动人激情。说散文一定要像橄榄或青茶,由来已久,其实是画地为牢。谁规定散文不可以像哈密瓜像酒?韩潮苏海,是橄榄或清茶吗?散文的读者不妨拓展自己的视域,也来欣赏张晓风的豪秀,杨牧的雅丽。

张晓风既有天才,又有学力,更有可惊的精力与毅力,我热切希望她能尽展所长,少作秀,少编书,少写别人也会写的那些俏皮小品,或应景文章，把她的大才用来创新并突破散文的华严世界。

注：复兴二号是神木编号。

一九八〇年一月于厦门街

同时篇

半 局

楔　子

汉武帝读司马相如的《子虚赋》,忽然怅恨地说:

“朕独不得与此人同时哉!”

他错了,司马相如并没有死,好文章不一定都是古人做的,原来他和司马相如活在同一度的时间里。好文章、好意境加上好的赏识,使得时间也有情起来。

我不是汉武帝,我读到的也不是《子虚赋》,但蒙天之幸,让我读到许多比汉赋更美好的“人”。

我何幸曾与我敬重的师友同时,何幸能与天下人同时,我要试着把这些人记下来。千年万世之后,让别人来羡慕我,并且说:“我要是能生在那个时代多么好啊!”

大家都叫他杜公——虽然那时候他才三十几岁。

他没有教过我的课——不算我的老师。

他和我有十几年之久在一个学校里,很多时候甚至是在一间办公室里——但是我不喜欢说他是“同事”。

说他是朋友吗? 也不然,和他在一起虽可以聊得逸兴遄飞,但我对他的敬意，使我始终不敢将他列入朋友类。

说“敬意”几乎又不对，他这人毛病甚多，带棱带刺，在办公室里对他敬而远之的人不少，他自己成天活得也是相当无奈，高高兴兴的日子虽有，唉声叹气的日子更多。就连我自己，跟他也不是没有斗过嘴，使过气，但我惊奇我真的一直尊敬他，喜欢他。

原来我们不一定喜欢那些老好人，我们喜欢的是一些赤裸、直接的人——有瑕的玉总比无瑕的玻璃好。

杜公是黑龙江人，对我这样年龄的人而言，模糊的意念里，黑龙江简直比什么都美，比爱琴海美，比维也纳森林美，比庞培古城美，是榛莽渊深，不可仰视的。是千年的黑森林、千峰的白积雪加上浩浩万里、裂地而奔窜的江水合成的。

那时候我刚毕业，在中文系里做助教，他是讲师，当时学校规模小，三系合用一个办公室，成天人来人往的，他每次从单身宿舍跑来，进了门就嚷：

“我来‘言不及义’啦！”

他的喉咙似乎曾因开刀受伤，非常沙哑，猛听起来简直有点凶恶（何况他又长着一副北方人魁梧的身架），细听之下才发觉句句珠玑，令人绝倒。后来我读到唐太宗论魏征（那个凶凶的、逼人的魏征），却说其人“妩媚”，几乎跳起来，这字形容杜公太好了——虽然杜公粗眉毛,瞪凸眼,嘎嗓子,而且还不时骂人。

有一天,他和另一个助教谈西洋史,那助教忽然问他那段历史中兄弟争位后来究竟是谁死了,他一时也答不上来,两个人在那里久久不决,我听得不耐烦:

"我告诉你,既不是哥哥死了,也不是弟弟死了,反正是到现在,两个人都死了。"

说完了,我自己也觉一阵悲伤,仿佛《红楼梦》里张道士所说的一个吃它一百年的疗妒羹——当然是效验的,百年后人都死了。

杜公却拊掌大笑:

"对了,对了,当然是两个都死了。"

他自此对我另眼看待,有话多说给我听,大概觉得我特别能欣赏——当然,他对我特别巴结则是在他看上跟我同住的女孩之后,那女孩后来成了杜夫人,这是后话,暂且不提。

杜公在学生餐厅吃饭,别的教职员拿到水淋淋的餐盘都要小心的用卫生纸擦干(那是十几年前,现在已改善了),杜公不然,只把水一甩,便去盛两大碗饭,他吃得又急又多又快,不像文人。

"擦什么?"他说,"把湿细菌擦成干细菌罢了!"

吃完饭,极难喝的汤他也喝:

"生理食盐水,"他说,"好欸!"

他大概吃过不少苦,遇事常有惊人的洒脱,他回忆在政大读政治研究所时说:

“蛇真多——有一晚我在洗澡关门时夹死了一条。”

然后他又补充说:

“当时天黑,我第二天才看到的。”

他住的屋子极小,大约是四个半榻榻米,宿舍人又杂,他种了许多盆盆罐罐的昙花,不时邀我们清赏,夏天招待桂花绿豆汤、郁李(他自己取的名字,做法是把黄肉李子熬烂,去皮核,加蜜冰镇),冬天是腊八粥或猪腿肉红煨干鱿鱼加粉丝。我一直以为他对莳花深感兴趣,后来才弄清楚,原来他只是想用那些多刺的盆盆罐罐围满走廊,好让闲杂人等不能在他窗外聊天——穷教员要为自己创造读书环境还真难。

“这房子倒可以叫‘不畏斋’了!”他自嘲道,“四十、五十而无闻焉,其亦不足畏也——孔夫子说的。”

他那一年已过了四十岁了。

当然,也许这一代的中国人都不幸,但我却比较特别同情民国十年左右出生的人,更老的一辈赶上了风云际会,多半腾达过一阵,更年轻的在台湾长大,按部就班地成了青年才俊。独有五十几岁的那一代,简直是为受苦而出世的,其中大部分失了学,甚至失了家人,失了健康,勉力苦读的,也拿不出漂亮的学历,日子过得抑郁寡欢。

这让我想起汉武帝时代的那个三朝不被重用的白发老人的命运悲剧——别人用“老成谋国”者的时候,他还年轻;别人用“青年才俊”的时候他又老了。

杜公能写字,也能作诗,他随写随掷,不自珍惜,却喜欢以米芾自居。

“米南宫哪,简直是米南宫哪!”

大伙也不理他。他把那幅“米南宫真迹”一握,也就丢了。

有一次,他见我因为一件事而情绪不好,便仿韩愈《送李愿归盘谷序》中“大丈夫之不得意于时也”的意思作了一篇“大小姐之不得意于时也”的赋,自己写了,奉上,令人忍俊不禁。

又有一次,一位朋友画了一幅石竹,稍不留意,便被他抢了去,为我题上“渊渊其声,娟娟其影”,墨润笔酣,句子也庄雅可喜,裱起来很有精神。其实,我一直没有告诉他,我喜欢他,远在米芾之上,米芾只是一个遥远的八百年前的名字,他才是一个人,一个真实的人。

杜公爱憎分明,看到不顺眼的人或事,他非爆出来不可。有一次他极讨厌的一个人调到别处去了,后来得意洋洋地穿了新机关的制服回来,他不露声色地说:

“这是制服吗?”

“是啊!”那人愈加得意。

“这是制帽?”

“是啊!”

“这是制鞋?”

“是啊!”

那个不学无术的家伙始终没有悟过来制鞋、制帽是指丧服的意思。

他另外讨厌的一个人一天也穿了一身新西装来炫耀。

“西装倒是好,可惜里面的不好!”

“哦,衬衫也是新买的呀!”

“我是指衬衫里面的。”

“汗衫?”

“比汗衫更里面的!”

很多人觉得他的嘴刻薄,不厚道,积不了福,我倒很喜欢他这一点,大概因为他做的事我也想做——却不好意思做。天下再没有比乡愿更讨厌的人,因此我连杜公的缺点都喜欢。

——而且,正因为他对人对物的挑剔,使人觉得受他赏识真是一件好得不得了的事。

其实,除了骂骂人,看穿了,他还是个“剪刀嘴豆腐心”。记得我们班上有个男孩，是橄榄球队队长，不知怎么阴错阳差地分到中文系来了。有一天，他把书包搁在山径旁的一块石头上，就去打球了，书包里的一本《中国文学发展史》滑出来，落在水沟里，泡得透湿。杜公捡起来，给他晾着，晾了好几天，这位仁兄才猛然想到书包和书，杜公把小心晾好的书还他，也没骂人，事后提起那位成天一身泥水一身汗的男孩，他总是笑孜孜的，很温暖地说：

"那孩子！"

杜公绝顶聪明，才思敏捷，涉猎甚广，而且几乎可以过目不忘，所以会意独深。他说自己少年时喜欢诗词，好发诗论。忽有一天读到王国维的《人间词话》，大吃一惊，原来他的论调竟跟王国维一样，他从此不写诗论了。

杜公的论文是《中国历代政治符号》，很为识者推重，指导教授是当时政治研究所主任浦薛凤先生，浦先生非常欣赏他的国学，把他推荐来教书，没想到一直开的竟是国文课。

学生国文程度不好——而且也不打算学好，他常常气得瞪眼。

有一次我在叹气：

"我将来教国文，第一，扮相就不好。"

"算了，"他安慰我，"我扮相比你还糟。"

真的，教国文似乎要有其扮相，长袍，白髯，咳嗽，摇头晃脑，诗云子曰，阴阳八卦，抬眼看天，无视于满教室的传纸条，瞌睡，K 英文。不想这样教国文课的，简直就是一种怪物。

碰到某些老先生，他便故作神秘地说：

“我叫杜奎英，奎者，大卦也。”

他说得一本正经，别人走了，他便纵声大笑。

日子过得不快活，但无妨于他言谈中说笑话的密度，不过，笑话虽多，总不失其正正经经读书人的矩度。他创立了《思与言》杂志，在十五年前以私人力量办杂志，并且是纯学术性的杂志，真是要有“知其不可而为之”的勇气。杜公比大多数《思与言》的同仁都年长些，但是居然慨然答应做发行人，台大政治系的胡佛教授追忆这段往事，有很生动的记载：

> 那时的一些朋友皆值二十与三十之年，又受过一些高等教育，很想借新知的介绍，做一点知识报国的工作。所以在兴致来时，往往商量着创办杂志，但多数在兴致过后，又废然而止。不过有一次数位朋友偶然相聚，又旧话重提，决心一试。为了躲避台北夏季的热浪，大家另约到碧潭泛舟，再作续谈。奎英兄虽然受约，但他的年龄略长，我们原很怕他涉世较深，热情可能稍减。正好在买舟时，他尚未到，以为放弃。到了船放中流，大家皆谈

起奎英兄老成持重，且没有公教人员的身份，最符合政府所规定的杂志发行人的资格，惜他不来。说到兴处，忽见昏黑中，一叶小舟破水追踪而来，并靠上我们的船舷。打桨的人奋身攀沿而上，细看之下竟是奎英兄。大家皆高声叫道：发行人出现了。奎英兄的豪情，的确不较任何人为减，他不但同意一肩挑起发行人的重责，且对刊物的编印早有全盘的构想。

其实，何止是发行人？他何尝不是社长、编辑、校对，乃至于写姓名发通知的人？（将来的历史要记载台湾的文人，他们共有的可爱之处便是人人都灰头土脸地编过杂志。）他本来就穷，至此更是只好“假私济公”，愈发穷了，连结婚都得举债。

杜公的恋爱事件和我关系密切，我一直是电灯泡，直到不再被需要为止。那实在也是一场痛苦缠绵的恋爱，因为女方全家几乎是抵死反对。

杜公谈起恋爱，差不多变了一个人，风趣、狡黠、热情洋溢。

有一次他要我带一张英文小纸条回去给那女孩，上面这样写：

请你来看一张全世界最美丽的图画，

会让你心跳加速

呼吸急促

……

小宝(我们都这样叫她)和我想不通他哪里弄来一张这种图画,及至跑去一看,原来是他为小宝加洗的照片。

他又去买些粗铅丝,用槌子把它锤成烤燔,带我们去内双溪烤肉。

也不知他哪里学来那么多稀奇古怪的本领,问他,他也只神秘地学着孔子的口吻说:"吾多能鄙事。"

小宝来请教我的意见,这倒难了,两人都是我的朋友,我曾是忠心不二的电灯泡,但朋友既然问起意见,我也只好实说:

"要说朋友,他这人是最好的朋友。要说丈夫,他倒未必是好丈夫,他这种人一向厚人薄己,要做他太太不容易,何况你们年龄相悬十七岁,你又一直要留学,你全家又都如此反对……"

真的,要家长不反对也难。四十多岁了,一文不名,人又不漂亮,同事传话,也只说他脾气偏执,何况那时候女孩子身价极高。

从一切的理由看,跟杜公结婚是不合理性的——好在爱情不讲究理性,所以后来他们还是结婚了。奇怪的是小宝的母亲至终倒也投降了,并且还在小宝留学进修期间给他们带了两年孩子。

杜公不是那种怜香惜玉低声下气的男人,不过他做丈夫看来比想象中要好得多,他居然会烧菜,会拖地,会插个不知什么流的花,知道自己要有孩子,忍不住兴奋地叨念:“唉,姓杜真讨厌,真不好取名字,什么好名字一加上杜字就弄反了。”

那么粗犷的人一旦柔情起来,令人看着不免心酸。

他的女儿后来取名“杜可名”,出于《老子》,真是取得好。

他后来转职政大,我们就不常见面了,但小宝回台后,倒在我家吃了一顿饭,那天许多同学聚在一起,加上他家的孩子、我家的孩子——着实热闹一场。事后想来,凡事都是一时机缘,事境一过,一切的热闹繁华便终究成空了。

不久就听说他病了,一打听已经很不轻,肺中膈长癌,医生已放弃开刀,杜公是何等聪明的人,他立刻什么都明白了,倒是小宝,他一直不让她知道。

我和另外两个女同事去看他,他已黄瘦下来,还是热呼呼地弄两张椅子要给我们坐,三个人推来让去都不坐,他一径坚持要我们坐。

“唉呀,”我说,“你真是要二椅杀三女呀!”

他笑了起来——他知道我用的是“二桃杀三士”的典故,但能笑几次了呢?我也不过强颜欢笑罢了。

他仍在抽烟,我说别抽了吧!

“现在还戒什么?”他笑笑,“反正也来不及了。”

那时节是六月,病院外夏阳艳得不可逼视,暑假里我即将有旅美之行——我知道那是我最后一次看他了。

后来我寄了一张探病卡,勉作豪语:

“等你病好了,咱们再煮酒论战。”

写完,我伤心起来,我在撒谎,我知道旅美回来,迎我的将是一纸过期的讣闻。

旅美期间,有时竟会在异乡的枕榻上惊醒,我梦见他了,我感到不祥。

对于那些英年早逝弃我而去的朋友,我的情绪与其说是悲哀,不如说是愤怒!

正好像一群孩子,在广场上做游戏,大家才刚弄清楚游戏规则,才刚明白游戏的好玩之处,并且刚找好自己的那一伙,其中一人却不声不响地半局而退了,你一时怎能不愕然得手足无措,甚至觉得被什么人骗了一场似的愤怒。

满场的孩子仍在游戏,属于你的游伴却不见了!

九月返台,果真他已于八月十四日去世了,享年五十二岁,孤女九岁,他在病塌上自拟的挽联是这样的:

天道好还，国族必有前途，惟世难方殷，先死亦佳，勉无深恶大罪，可以笑谢兹世；人间多苦，事功早摒奢望，已庸碌一生，幸存何益，忍抛孤嫠弱息，未免愧对私心。

但写得尤好的则是代女儿挽父的白话联：

爸爸说要陪我直到结婚生了娃娃，而今怎教我立刻无处追寻，你怎舍得这个女儿；女儿只有把对您那份孝敬给妈妈，以后希望你梦中常来看顾，我好多喊几声爸爸。

读来五内翻涌，他真是有担当、有抱负、有才华的至情至性之人。

也许因为没有参加他的葬礼，感觉上我几乎一直欺骗自己他还活着，尤其每有一篇自己比较满意的作品，我总想起他来，他那人读文章严苛万分，轻易不下一字褒语，能被他击节赞美一句，是令人快乐得要晕倒的事。

每有一句好笑话，也无端想起他来，原来这世上能跟你共同领略一个笑话的人竟如此难得。

每想一次，就怅然久之，有时我自己也惊讶，他活着的时候，我们一年也不见几面，何以他死了我会如此嗒然若失呢？我想起有一次看到一副对联，现在也记不真切，似乎是江兆申先生写的：

想见亦无事

不来常思君

真的，人和人之间有时候竟可以淡得十年不见，十年既见却又可以淡得相对无一语，即使相对应答又可以淡得没有一件可以称之为事情的事情，奇怪的是淡到如此无干无涉，却又可以是相知相重、生死不舍的朋友。

我听到你唱了

她把那张便纸打开来,立刻吓得要死。

从来还没接过毛笔写的条子,字很潦草,大概不是秘书写的——那就是说,是江校长自己写的。完了,她想,既是江校长的条子,准没好事,江校长人虽不凶,可是从来不苟言笑。

“我一向是有点调皮捣蛋,”她拼命想,“可是也没闯过什么祸啊!”

等一走进校长室,她就放了心,江校长的声音中充满温馨喜悦,她听到让她目瞪口呆的事。

事情是这样的:

头天晚上是欢送毕业生的晚会,江校长原来有事不能参加的,后来偶然经过,忽然发现传出来的声音意外的好,其实那歌倒普通,是当时流行的一首抒情歌,叫“Only You”,但好的是那女孩的声音,江校长走进去,坐在最后一排,听完,她站起来,知道了那个胖胖的女孩叫姚立含,高一,她决定把她找来谈谈。

“我听到你唱了——唱得真好——”江校长用她惯用的平直的调子,“你父母有没有打算要培植你?”

“没有啊!”她吃惊不小。

这真是怪事了,唱歌她倒是从会说话就会唱的,唱歌就是唱歌,还管它什么培植不培植。其实全家也都会唱,爸爸唱老生,唱贺后骂殿，唱萧何追韩信，妈妈也唱，妈妈几乎是整天都在唱。她在镇江念小学的时候，曾每天到电台唱一遍节俭歌(那时没有录音带)，她也唱摇篮曲：

风啊——你要微微地吹

鸟啊——你要轻轻地叫

我家小宝宝

快要睡着了

对姚立含，唱歌是和生命一体的，唱歌简直是和胎动的韵律一起俱存在她生命里的东西，可是到那一天为止，她连一场正式音乐会也没听过，她完全摸不清头脑，音乐跟培植有什么关系。

江校长也不多说——她向来说话不多——就放她回去了。

她想，事情大概到此为止了，她仍然高高兴兴地唱她“未经培植”的歌——连钢琴伴奏都没有，钢琴不是生活里的东西。

想不到过了两天，她的爸爸妈妈也接到了江校长的信，信上同样也只是说请到校一谈。家里不知情，引起不小的虚惊，及至赶到学校，真不得了，江校长已经把姚立含和音乐老师约了来。江校长想必是那种想到一件事就非得做成功的人，她要求女孩的父母务必要培植她。

“她唱得好极了,她有两种好是别人没有的。第一,那天我坐在最后一排,但一个一个字都听得清清楚楚;第二,她唱起来,轻松自然,不像别人唱得咬牙切齿的。”

江校长简直是一个奇异的人,向来也没听说她懂音乐,好像也没听她唱过歌,可是以一个教育家的本能,她却能在一片微云中预见沛然的大雨。——不知道江校长算不算跋扈,她还去找了王沛纶教授,又因而间接找到郑秀玲教授。姚立含的父亲是一位知名的作家,但要谈“音乐培植”他也一片茫然,当时就完全依了江校长的安排。

第一次到郑秀玲老师家面试,她一边直着嗓子唱音阶,一边看到郑老师在皱眉,等全唱完了,郑老师说:“第一,你的嗓子很大;第二,我喜欢你这种诚诚恳恳的人……”

真是要命,从头到尾居然没有一个字是说她音质华美,或绕梁三日的话,可是由于生性乐观,而且对音乐也没有“野心”,有的反是一片淡泊的“无心”,所以,仍然满心高兴,觉得“嗓门大”未尝不是一句光荣的评语。从此,她就成了郑老师的学生,原本是约定先学六个月试试,但后来在留学前一直跟了郑老师五年多。

我认识姚立含有七年了——更正确的说是认识她的声音,第一次听到她的声音,我忍不住要问:“那个胖胖的女孩是谁?”

后来才知道,这是一个很普遍的反应,她大专联考考术科的那天,戴粹伦教授也到处打听:“那个胖胖的女孩是谁?”她的声乐术科是那年最好的。

五年前我们演《武陵人》,导演黄以功一向是个“不耐烦去懂音乐的人”,但一听姚立含的声音,他立刻决定要用她演桃花的娘。

“感觉很对。”他说。

黄以功喜欢“感觉”,他老是说:

“你要去感觉那个‘感觉’。”

姚立含的戏其实不及她的歌,但有其相同的沉稳。

外行的人——或者说“半内行”的人有时会惊奇,为什么一个像姚立含这样的“女低音”会去师事一个郑老师那样的“女高音”,但是在姚立含学习的过程中,她会了解,音乐不在音域的上下,在于如何将潺潺的心之潮声重现在别人的生命的涓流里。

如果把她的人和她的歌相比,我有点不知道说哪一个更可爱。

姚立含最特别的一点是“糊涂”,奇怪的却是她的糊涂从来没有误过事,相反地倒给她带来好运。

读大学的时候,在华冈,有一次她发现学校附近有一人在自家门口做葱油饼,她忍不住拿一块钱要去买一个——天晓得,那人根本不是卖葱油饼的——但因为觉得她糊涂得可爱,也就忍住笑卖了。没想到她吃了一个意犹未足,居然去买第二和第三个,那位先生只好继续卖给她……姚立含的生平几乎全由这种“绝事”串联而成。

当初要跟郑老师学音乐的时候,她冒冒失失地问了一句:“可不可以便宜一点啊!”她是长女,父亲是公务员,她一想到自己要花钱学音乐,真急得不知如何是好。

奇怪的是郑老师没有为她的“还价”生气,反而一口答应她了。

跟大多数的音乐系同学一样,她的德文并不怎么好,但只凭一股劲,就高高兴兴地到了德国,一面拼命想家,一面开始拼命念德文,满屋子贴着央人寄来的台北艺术活动的海报……

有一天,简直像神话一样,当她走下演唱台,发觉一个德国人在流泪,她知道她已经征服了德文。

她的丈夫也是得来全不费功夫,那男孩在歌剧院做首席小提琴手,为了应邀演唱,他们合作过好几次,后来她跟另外一个女孩合煮了一顿中国饭酬谢,燃料、场地和餐具却由男方供给(因为是在男家煮的)。事情就这样开始了,男孩的约会倒也简便,他总是送她歌剧票——因为身为首席小提琴手,可以有几张免费票。

圆脸、微鬈、大眼、好纯的一个男孩,他们结了婚,她给他译了一个中国名字叫毕友安。别的女人是给儿女取名字,她却得先给丈夫取。

“我其实早就认识过一些日本女孩，但姚立含大不一样。”毕友安说，作为一个西方人要想不认识日本人几乎不可能，日本人到处都是，在德国学音乐的女孩也极多，毕跟很多日本女孩共过事。

“日本女孩对人真客气，又有礼貌——可是她心里头又是另外一回事了，”毕说，“姚立含不是，她有什么说什么——我比较喜欢这种人。”

听说他们交往渐密，双方家长都不由得恐惧起来，对两个家族而言，这都是破天荒的事。但没几天，老一辈的都放弃成见，并且衷心祝福他们。

“第一年真不好过啊！有时说德文，有时说英文，有时还比手画脚，”姚说，“加上彼此又不适应一些对方的怪毛病。”

“他有什么怪毛病？”我问。

“譬如说，他喝完牛奶，死都不肯吃水果——是他从小妈妈教的。”

“对了，有些外国人迷信果酸会把牛奶破坏——其实咱们中国人吃咸豆浆根本就先把它弄沉淀了。”

“就是说嘛！”

“那么，”我转向毕，“第一年你发现她有什么毛病？”

“她？”毕呆了呆，“我想不起来，她如果有毛病，也一定是一些不值一提的——不过第一年处起来是比较麻烦，但是我不后悔，我深信上帝不会安排错。”

听毕说“不后悔”真感动，颇有中文里“终不悔”的深情。

“第二年开始就好了。”两个人都是这样说。

“每天晚上我们一起祈祷。”他说，“那对我们婚姻的帮助太大了。”

正如江校长所形容的她的歌声，她的生命中重大的事也都来得那样轻松自然。

在中国传统的音乐里，旦角的本领就是要唱得高，高到响遏行云才为好。再不然，就是幽咽吞吐，此外就是老旦的那份苍凉沉稳，乃至于反串老生、反串花脸的那份雄豪激壮。

奇怪的是，从来就似乎没有低沉华美、醇厚如丝绒的女低音，似乎女音一低，全都变质成为男性化的声音，真正年轻华贵的低音就中国而言真是难找——当然，一般中国人肺活量也不适于唱低音，但姚立含倒无这方面的困难。

“女低音本来全世界都缺。”她说。

其实她不知道，她的价值不在“物以稀为贵”，即使全世界每个女人都能唱女低音，她仍是独特的一个，绝对与别人不同的一个。

“演唱紧张不紧张？”有一次我问她。

“紧张，紧张得要命，好久以前就开始紧张，临上台更紧张，我的胃痛就是这样来的。”

“可是，听你唱却很自然嘛！”

“我一开口唱就好了——就忘了。”

“唱完了等下一支曲子的时候呢？”

“还是紧张——所以我比较倒霉，我先生就好多了，他也紧张，可是小提琴的乐章长，他可以保持很久不紧张，我是每唱完一首歌，就要紧张一阵子。”

不知算不算偏见，我喜欢在演出前紧张的艺术家，完全不紧张的人往往流于轻亵。

去台多年，七月里她回来了，我去听她的演唱，在她一向的沉厚、美丽和吞吐自然外，忽然惊喜地发现她也同时极能掌握女性的“威”与“重”，孔子说“君子不重则不威”，威与重原来也是可以如此都丽美好的。旧文学里常和春草联用的“葳”与“蕤”，指的是草木的盛美，听姚立含的歌忽然悟到青草在其最柔和最温润的外层下，也是蕴藏着勃勃然的威力的。当她唱舒伯特的《音乐颂》，唱修曼所谱法国公主临刑的诗《告别法国》、《告别世界》，在极端的柔美中积贮着无限的威严，是一种美丽丰厚到极点后所自然呈现的“坤之德”。

“我听到你唱了！”十年前江校长的一句话改变了她的航向。

“我听到你唱了！”异乡的大厅里，观众以泪水向她呼叫。

我也听到她唱了，我会继续听到她的，一个歌者必然是一条溪，不断地汇聚，不断地流布，常将满腔激越的水声汇向另一个生命的涓流。

看　松

楔　子

有一次到内湖一所专科学校去看一位校长,被警卫挡在门外,叫我在单子上填拜访的理由,我实在说不出可以归为两个字或四个字的理由。我无法告诉他,七岁,在南京读军人子弟小学的时候我深爱我们的校歌,我后来一直还满心冲动地唱它:

济济小国民
头角最峥嵘
志气最超群
我们都是中华民国未来的主人翁
我们的父兄
也曾驱日寇
保国土,建奇功
我们也应该
雄赳赳气如虹
才不愧将门后代,黄帝子孙
切莫把光阴错过

负了家庭期望

师友栽成

其中有两个辞,当时因为小,胡乱唱过,二十多年过去,当时的赵校长已是这所专科的校长,我此刻来是想把那两个辞问清楚……好在后来总算说清了,老校长和我彼此都很惊讶对方的记忆力……

那是一个日色曼迟的下午,我到洪老师的故宅去按铃,多年前师母先走了,老师后来也走了,石砌的旧宅陷在四面的蔓草里,来应门的是老五,他惊讶地望着我。

"这房子快拆了。"他说,"要改建。"

"我来看看老师的书房。"

"乱七八糟的……"

"我想找一首诗……"

"什么诗?"

什么诗?我一时舌结,我这人也是,常常做些无法说得清的事——就像上次去内湖找赵校长的那回事。

什么诗?真的,怎么解释那首诗呢?

那一年——是哪一年?一想起老师,连岁月都仿佛自动凝止了,老师是在岁月之外的，老师一向神色从容，像一首山歌，唱的人只知舒着心情唱，山歌是不必纳入节拍板眼的。

那一年，也许有十四年或者十五年之久，也是在这所石头房子里，老师站在一张大桌子前，砚台里正磨着浓艳亮眼而又芳香扑鼻的墨，老五正替他拉着纸，笔饱墨腾，老师写字的样子像打拳。

我时而惊讶地看着他写字，时而磨墨，时而闻闻院子里有一搭没一搭的花香，时而去翻翻他放在桌上的那本诗集，他替人写的字似乎都是从那本诗里挑出来的句子。

翻着翻着，我忽然被一首诗所引，诗写的是八月十四中秋前夕的月亮，我爱赏不已，就痴在那里。但当时太年轻，读书简直是陌上闲游，看花看人，只觉惊艳，从来不晓得应该进一步探索。

十四五年过去，我一直爱那首诗，却遗憾竟不知道作者是谁，甚至连每句确实的字眼也不敢把握。翻遍唐诗，又寻它不着，我只知道那诗是在焦黄的线装诗册里，诗册或者仍在老师的案头，长案在那石砌的老屋里……

而老师去世了，此刻门户深锁，老五带我到书房，幽幽日影，淡淡壁尘，我愣在那里……

“你自己找吧……”

书房里到处是书，是轴卷，是别人写的以及他自己写的字，有四十年前的书信，有待寄又不知为什么没寄的信，有照片，有诗稿，有病砚秃笔……房子阴凉黯淡，我的心忽然悲伤起来。

“这个给你。”老五蓦地从背后来，塞了一张黑白照片给我。

老五是老师最小的儿子，小时候在逃难的时候生过病，微跛，喜欢爬山，一直没结婚，老师晚年全是他在跟前照料。

照片是老师和师母合照的，也不知是哪一年春天，背景是一丛杜鹃，老师和师母都穿得厚重肥大，我想起那两件大衣了，好像都是铁灰色，又老又重的颜色，样子也不好看，那一代的人全是那样的，穿衣服专找耐脏的颜色，永远不去碰花俏的款式和色泽。

“做个留念。”老五说。我辞别了老五出来，悲伤地站在朱门前，曾经是师母一石一土看它搭盖起来的，曾经香过桂花、香过兰花的，现在都要拆了……

我想起老师来。

其实老师是我的系主任，但我不惯叫他“主任”。

他的名字是洪陆东，早年任“司法行政部副部长”，退休后在第一银行做长驻监察人，在东吴中文系，他教的是杜诗。他做官有魄力有清誉，我从别人处倒是常听说，但是以他的难得糊涂而论，我很怀疑他能管理银行；至于他杜诗教得如何，我也不得而知，他的浙东官话我做学生的时候根本听不懂，只记得他要我们用杜甫《北征》的韵作

诗,我下了狠心真的作出来了,他看了,对我说:

“好是好,就是这里,这里,这里同这里没有搞通。”他说一叠“这里”的时候指着上臂、肘、下臂、腕、手指头,和手指头的关节。

我不懂那是什么意思,大概是指有句无篇,关节脉络处理不好吧。

“你回去读王摩诘,去,去,去读王摩诘。”

我真的读了《王摩诘全集》。

渐渐地,我懂他的话了,可惜杜诗也上完了,我还算高明的,因为有人始终没听懂过他一句话,同事杜公居然相处十年还是每次悄悄问我:

“他说什么?”

其实老师也曾痛下决心学正确国语,有一次他兴冲冲地告诉我们,他已经请他的小孙女教他注音符号了,过了两天他到系里来表演,念的不是ㄅ、ㄆ、ㄇ、ㄈ,而是巴、扒、马、发、达、他、哪、辣……

我们从他学会了杜诗吗?我们从他学会的不是杜诗,而是他那个人,他的宽厚,他的忠恳,他的适性自如……杜诗总有仇兆鳌的注可读。我庆幸的是我曾在生命的黄金岁月里有十几年之久跟他在一起……

跟他特别接近是在做助教之后。

有一段时间他住在学校里，我常有机会去吃顿便饭，师母总是喜欢说老师的故事，老师自己也说，说到意见不合处，两人也会大声吵起来。事后谁也不必向谁道歉，反正就是又好了。新式的夫妻手册上的那一套对他们简直一个字也不合用，他们意见根本从来就没有相合过，而且，可以在任何客人面前当众不合。师母的声音当然比老师还大，但我真的还没有看过那样生死与共、肝胆相照的夫妻，婚姻真能那么如铁如钢，手册是的确可以不要的。

我听过老师对师母最深情的话只有两次，都是淡得欲无的。

一次是师母正在饭桌上化妆，老师耐心地等她，忽然他转脸喃喃地对老五说：

“阿娘格（的）眉生得好。”

“什么？”老五大声地说。

“阿娘的眉是生得好，”他说，口气一点都不浪漫，却动人，“女人眉好子息好，你们都托福阿娘的眉。”

师母在一旁听着，始终连眼皮也不搭一下。

另一次是在师母乍然去世，师母一向性急，走也走得利落。

我们去看他，那时他已退休不做系主任了，看到我们，讷讷无言。

“那天你们要是有空，”他说的是出殡那天，“去陪陪她……”

他说“陪陪她”的时候无限温柔，仿佛师母仍是新嫁娘，仍痴小情怯，仍须娘家人伴陪着……

老师很小的时候死了母亲，后母对他不好。

“后母生了个小弟弟，粉团粉团的，真可爱啊，我欢喜他，是真欢喜他……”老师追述那样的故事，仍觉委屈，“有一天，我跟弟弟玩，玩嘎嘎叽，用手假装杀脖子，弟弟玩得直笑，我们正开心，后母跑出来，说：‘他有什么不好，你要杀死他。’我一听，心都凉了，我站起来，回头就走，那以后就离开家了。”

老师一直弄不清自己的生日。由于母亲死得早，长辈中各人意见不一，有人说是这一天，有人说是那一天，只好随便定了一天。似乎是七十三岁那年，系里有位喜欢算八字的教授坚持可以用他的生平去反推生日，老师也不热心，反正一辈子都过了，生日不生日老师倒也不挂心。老师几乎是什么都不挂心。

“我小时候喜欢打拳，打完拳就吞五个生鸡蛋，唬！一张脸红孜孜的，我没想到后来做了文人。”

老师身体一直好，年轻做官能有胆识有魄力，恐怕也跟体格有关。

老师和师母结了婚，家徒四壁。

“我叫他别的弗要管，”师母说，“我只要他读书写字，我磨墨，他就写字,写啊,写啊,他的字就是那时候写出来的。”

听起来简直像旧式小说。一个新嫁的女子不磨新镜,磨一方沉沉的砚。

“师母可惜不识字,”老师有时也惋叹,“她那人真聪明,你去叫她背唐诗给你听,她会背好多。”

我觉得惊奇,不识字怎么又会背唐诗呢?词话上说秦少游的“斜阳外,寒鸦数点,流水绕孤村”的句子是“虽不识字人,亦知是天生好言语”,大概好诗真是可以不借文字而直逼心性的。

有一天,我真的去找她,她把一本《唐诗三百首》翻了翻,很兴奋地说要背《蜀道难》。

噫吁嚱——危乎——高哉——

蜀道之难难于上青天

蚕丛及鱼凫

开国何茫然

尔来四万八千岁

不与秦塞通人烟

几乎是一开腔,我就给震慑了,诗原来可以好成这样子的,诗原来是可以让不识字的人也可以记诵一辈子的,诗原来可以让一个女子在婚姻之余,在七个孩子之余,在六十年的柴米油盐酱醋茶之余仍能在一刹那间腾地而起,如登绝壁,如临鸟道。师母背诗的时候整个变了一个人,既仿佛赵燕豪侠慷慨悲歌,断弦裂帛,又仿佛胸臆间有万种柔情千种凄凉。

那件事,我一直不能解释。

事实上我所认识的师母完全是一个现实世界的女人,能吃苦,也懂得处富贵,并且精力无穷。老师做官能讲原则有操守,背后是有其可依恃的力量的——当然,做清官的妻子是怎样一回事,恐怕也不是常人所能知道的。

"你不要吃馆子,要自己煮饭。"我刚结婚,师母就热心地跑来告诫我,"你记得,吃不穷,穿不穷,不会算计一世穷。"

"洗衣服的肥皂买来以后要先放在风里吹得干干的。"她继续拿一块南侨水晶肥皂示范,"用的时候就不会软软的一不小心就塌(塌指涂)多了。"

"洗大被单用一块碱煮,小被单用半块,晒出来,清清爽爽!"

她教我的方法我一概没有试过,但她说的每一个字我都记得死牢,一想起来就眼热心酸得想哭。许多人骂政府、骂贪官污吏,他们可曾看过"司法行政部副部长"的妻子怎样节省地用一块风干的肥皂洗一家七口的衣服。

“那时候穷，”她絮絮地说，“我就自己种豆子，豆子好长，我收了豆子磨豆浆，做豆腐，晒豆腐乳，一家人小菜都有了。”

“我们小孩个个好，”她自豪地说，“管小孩其实容易，一个零用钱都不要给，家里多做点好吃的东西，我告诉你，一放学，他们拼命往家里跑。你想，身上没钱——家里有吃——他们不回家还跑哪里？孩子跑回家了怎么会变坏？”

师母的教养理论我从来没有在别的书上看过，但我完全相信它的效用。

“不要应酬，老师无论往哪里去，我就是不去，我小孩小，我就是不去，我要熬到小孩大了我才出去。”

师母真是个不可思议的女人。什么事都磨不倒她——可是一提起她的大女儿，她还会哭起来，三十年了，有些生命中的灾劫永远无法成为陈迹。

“她人聪明，功课好，一心要强。

“有一天，学校运动会，她参加赛跑，她拼命跑，一口气跑到底，她吐了血——她原来有肺病了！

“那时候，她班上另外一个女孩子也生了肺病，那女孩的爸爸跟老师也是同事，结果人家有钱，我们没钱，人家把女儿送到歌乐山养病，我们不行——后来人家的女儿病好了，我们女儿死了，一样做官，人家有钱养病……”

她转头去看老师，老师别过头去。

“唉，她就是太聪明了……”隔了半天，老师没头没脑地叹了一口气。

有时候，清廉的代价是可怕的，恐怕唯有英雄才付得起。读圣贤书，是要拿自己的行为做注脚的。

做中文系的行政主管不是一件轻松的工作，中文系的人事变动少，一堆人永远聚在那里，而且又文人相轻，摩擦难免，老师倒是得糊涂之福，垂拱而治。他年轻时如何我不得而知，据说演讲也颇动众；但晚年我看到的他，却是尽量用最简单的句子说话，说完了也不加解释，听的人有时不免愣半天，然后才忽然会过意来。

“从前我有个部下，家里养了只小狗，肥胖可爱，我千不该万不该夸了他的狗一句，没想到第二天他就把狗带来了——是煮好的狗肉！

“我心里难过得要死，怎么会有这种人？我以后就知道了，君子不但不可以把所好示人，连容易引起误会的话也要少讲。”

他真的不多说话——除了跟小孩子在一起的时候。

有一次，有人告诉他某位老教授好骂人，有时候整堂课都因为骂人骂掉了,他颇不以为意。

“天下事,不胜其骂,姑不骂也。”

这句话我以为还有下文,却竟没有了。后来有一次他又补充道:

“我年轻的时候也喜欢骂人,后来想想也没意思,就算把人家骂垮了,自己作了主了,又能做得比人家好到哪里去?”

又有一次,有一位老教授和一位年轻的讲师冲突,我以为他一定帮年老的,不料他倒是保护年轻人,他很不高兴地对那位拗执的老教授说:

“骂人家不通!你自己就通吗?天下人有几个通的?”不知为什么,我觉得他即使扬声骂人的时候,也存三分恕道。

有一次,是中秋节的第二天,他逌逌然地走进办公室,一径微笑着。

“台湾会很有希望的。”我不知道他为什么忽然说了这么一句话。

“我昨天半夜看月亮,一片云都没有,月亮真清,简直娇滴滴的。”

他也没有解释为什么一枚清艳的月亮就能让他知道台湾会有前途,但我听着却深深动容。天道好还不言自明,天地既有力量,丝毫不爽地按时推出光风推出霁月来,则公理正道,自在人间,朗朗乾坤,岂容宵小。

又有一次，是个晴和的下午，他进门的表情特别愉快。

“我忽然把做人的道理都想通了。”

大家都大吃一惊。

“不过是‘内圣外王’就是了！”

内备圣人之德，外具王者之风，那句话出于《庄子》，我本来也并不特别崇拜那两句话，但想起那个山风穿户的下午，想起老师心领神会不胜欣悦的表情，那句话也变得有分量而可信赖起来。

老师似乎是毫无权力欲的人，一旦去官，他毫不恋栈，他对教师生涯倒很喜欢。

“叫化三年，皇帝都不想当。”有一次他对我说。

我没有十分留意。

“你看，你知道叫化子是怎样的吗？”

他说着，竟学起来了，我着起急来，赶快跑去关门，万一给人看到我们中文系系主任在表演叫化子怎么好意思。

“你看，他走到这里要一碗饭，”他真的伸出手来，“人家不给，好，他就走开，他走走，晃晃，自己唱个歌，累了，倒在门口就睡了。”

谢谢上帝，他总算没有表演倒在庙门口睡觉，但已够令人惊奇了。那以后我好像忽然了解老师的另外一面了，原来，他也可能有一种流浪人的血，原来他不是白发苍苍的老人，原来他不是宦海三十多年的官员，原来除了家除了学校除了官职之外，他还有一个“我”，一个偷偷羡慕着落魄天涯的乞丐的“我”。

老师好吃，但并不奢侈，一碟凉拌豆腐，一道香椿芽炒蛋，冬笋雪菜，泡菜炒肉末，小小的酥鱼，入口即化的狮子头……和老师吃饭是一种特殊的经历，他的动作从容徐缓，态度严肃——不是悲苦的严肃，是怡然的严肃，仿佛对万物都有敬意，有谢意。仿佛一饭之恩，都应该为之礼天。

记得有一天他带我去徐家吃饭，闻说徐先生以前做情报工作，但我到他家中却只见一排花架，九重葛闲闲地开落，客厅似乎也就是书房（大概是山中客少至，所以他不免为书设些座位），徐先生在看一本发黄的线装书。

似乎在他们那辈朋友中，打电话订约会是不必要的，跑到别人家吃饭也是理直气壮的，甚至带着学生去吃都毫无愧色。他又指名要吃芙蓉豆腐，徐太太不知如何烧，他就要她备好肉片和嫩豆腐，又叫我到院子里去采又红又艳的芙蓉。那天风大，我颈上原系着个纱兜，当时就解下来权充花囊。暮春的花园，芙蓉照得草木含鲜，一会儿就采满了一兜，芙蓉花瓣经开水一烫，氽入肉片豆腐，我一直觉得那是一道美丽的菜。美的是那个中午，是山舍的朴拙，是那一代无矫无饰的友谊，是一个女孩子春衫乍换采花枝头时的好情怀，是一捧春红所烩成的一道菜。

老师喜欢写字，他要我们学王羲之，但我觉得他自己的字分明不像王羲之，他的字笨大重拙，笔酣意足，像他的人。老师又珍藏着一种大纸，一张宣纸竟有一人宽，两人高，真是惊人的大，他七十岁双寿那年曾取出两张交人去画两幅画，有一位教授一看，急得跌足而叹："糟蹋了，糟蹋了，要是不画，那纸是希世珍宝，画了，就只不过是张普通的画就是了。"

老师似乎专爱那些又大又沉的东西，像大纸、大字、八大山人画的丑石。

我升任讲师后不久，老师也就退休不做系主任了。老师在位的时候，不知出于一种什么心理，他每过生日我只肯去吃一碗面，却不肯送一点礼，我是晚辈，年龄和老师的外孙一样大，赖皮吃一碗面我自认是说得过去的。但如果我送礼，我就觉得有阿谀上司的嫌疑。反至老师退休，我倒是年年生日必去送一份礼。

老师八十岁诞辰，大伙凑了两桌席，老师当时已鳏居，体态龙钟，大家敬酒，他几乎要花十秒钟才站得起来。我忽然想起老师七十岁生日那年，大厅里贺客如云，我还记得当时于右老已精神不济，上下汽车几乎都是靠人"拖"出来"塞"进去的，但他还是来了，他们那一辈的情谊是我们这一辈想不透的。

老师的朋友一一去了，连师母也去了，早夭的女儿去得更早，老师此刻的心情又是如何的呢？想起李贺的句子："飞光飞光，劝尔一杯酒，吾不识青天高，黄地厚，惟见月寒日暖，来煎人寿。"生命竟是这样的吗？我望着老师，竟觉有几分陌生。

两年以后，老师去世了。

现在想起老师印象最深的事有两件。

一件是老师偶尔谈起，说："老五身体不好，我将来什么都留给他，等回大陆，家里有好些橘子田，我们黄岩橘子好有几百种，有那些橘子，也够老五花用了。"

老师其实有时气起来也乱骂老五，老五脾气来了也往往不甩他。但老五是真的孝，老师是真的慈，对一个晚年丧妻而儿女又都在海外飞黄腾达的老人而言，有个跛脚憨厚的儿子，未始不是上天的恩惠。

老师那段十分正式的后事交代，我一想起来仍觉眼热，那里面有些极凄凉极温柔的什么。

另一件事是有一次我陪老师爬坡回教授宿舍，似乎是替他送一叠书上去。坡很陡，对拿着书的我和没有拿书的他而言都很吃力，经过男生宿舍，我们站在路边休息。

矮矮的一人高的松树种在山坡上，我们一起望着那排润绿润绿的马尾松。那些松树本来有上万棵,全是老师去要来的,把学校大大小小的地方全种遍了。

“我来不及看它长大了。”老师说。

我不知如何回答。

“可是,它会长大的,”他的语气又开始快乐起来,“下辈子我来看它的时候,唬!它长得比我还高,再下辈子,我再来看它的时候,比楼都高了,再下辈子……”

我简直快要笑出来,他说得那么愉快,仿佛就像小孩玩游戏似的,一下子就又轮到自己玩这一“盘”了。

年年春天,到学校去上课的时候,我总怔怔地望着坡上的短松,老师去了,松却是愈长愈高。我不信轮回,但我相信自己的双瞳中有一部分什么来自老师——老师仍在注视那片绿松,透过一个学生感恩的目光——也许,等某一年春天,我的眼睛不再有权利去仰瞻那片小坡上长燃青色的火焰。

但坡上总有新来的年轻孩子,总有年轻的孩子在春天早晨驻足,驻足怔怔地看那一片青松。

后 记

一、在老师的书房里没有找到的诗，今年寒假偶然间遇见了，原来是宋人孙复的诗，题目是《八月十四夜月》：

银汉无声露欲垂，玉蟾初上欲圆时。清尊素瑟宜先赏，明日阴晴未可知。

二、这篇文章原来只是纪念我的老师和系主任洪陆东先生，但甫一落笔我就发现，我必须也写师母以及那一代的人，我缅怀的不仅是逝者，而是属于逝者那一代的风范。

大　音

大音希声，大象无形。

——老子

他曾经给我们音乐，而现在，他不能再给我们了。

但真正的大音可以不借声律，真正震撼人的巨响可以是沉寂，所以，他仍在给我们音乐。

他是史惟亮先生。

对我而言，他差不多是一种传奇性的人物，《滚滚辽河》那部书里，他做的是敌后抗日工作，在东北——那神秘的、悲壮的土地上（只有在那山林榛莽江河浩渺的土地上，才能孕育出他这样纯洁的人物吧！），他又在西班牙，在德国学音乐，是作曲家，是音乐理论家，一心想弄好一座音乐图书馆，他还不时爬山涉水地去采民谣……

去年秋天，我托人交了一本我的舞台剧《严子与妻》给他，不久，我跟他打电话，他的声音异样地柔和：

“我好喜欢这剧本，写得真美。”

作为一个剧作家，在精神上差不多是赤裸的，任何人可以给你赞美也可以给你鞭笞，我早已学会了淡然，但史先生的赞美不同，我激动地抓紧电话筒。

“我可以帮得上什么忙吗？”

我正不知如何开口，他竟那么仁慈地先说了。

“我对配乐的构想是这样的，我认为戏剧是主，音乐不可以喧宾夺主，我希望观众甚至没有发现到音乐——虽然音乐一直在那里。中国音乐向来就不霸道的。”

他的话虽说得很简单，但是我还是觉得惊奇，让一个艺术家做这样多的让步，在别人少不了要经过跟对方的辩论，跟自己的矛盾，直到最后才得到协调，而在史先生，却是这样自然简单。

秋意更深时，他交出了初步的录音带，那天舞台和灯光的设计聂光炎先生也来了，负责视觉效果的和负责听觉效果的开始彼此探索对方，来作更进一步的修正。

“真谢谢你，借着这个机会我倒是想了许多我从前没有想过的东西，对我很有用。”

——他总是令我惊讶，应该致谢的当然是我，可是他竟说那样的话。似乎有人批评他生性孤傲，但是我所知道的史先生却是异样的谦逊。

刘凤学先生知道史先生答应配乐，很感奇怪：

“他暑假才动过大手术的。”

“手术?”我完全茫然。

“是的，癌症。”

不，不会的，不是癌症，一定什么人传错了话，他看起来健康而正常，或者那东西已经割除了，总之，癌不该和他有关系，他还有许多事要做。

他差不多总在微笑，他的牙齿特别白，特别好看，他的鼻以上有一种历经岁月和忧患的沧桑的美，鼻以下却是一种天真的童稚的美。他的笑容使我安心，笑得那么舒坦的人怎么可能是癌症病人！

他把配乐都写好了，找齐了人，大伙儿在录音室里工作了十二个小时，才算完成。

他对导演黄以功说："这大概是我们最后一次合作了。"

我去打听，他得的真的是癌，而且情形比想象的还糟，医生根本没有给他割毒瘤，他们认为已经没有办法割了，医生起先甚至没有告诉他真实的情形，但他对一位老友说："我已经知道了，我在朋友们的眼睛里看出来的。"

——听了那样的话我很骇然，以后我每次去看他的时候都努力注意自己的眼神有没有调整好，即使是欺骗，我也必须让他看到一双快乐的眼睛。

十一月，我们为了演出特刊而照相，他远从北投赶到华视摄影棚，那天他穿着白底蓝条衬衫，蓝灰色的夹克，他有一种只有中国读书人才可能有的既绝尘而又舒坦的优美。

为了等别人先摄，我们坐下聊天，他忽然说想儿童节办一次儿童歌舞剧的演出，他说已找到了四个学生，分别去写儿童歌舞剧了，那天我手边刚好有份写给小女儿的儿歌，题目是《全世界都在滑滑梯》：

桃花瓣儿在风里滑滑梯
小白鱼在波浪上滑滑梯
夏夜的天空是滑梯
留给一颗小星去顽皮
荷叶的绿茸茸的滑梯
留给小水滴
从键盘上滑下来的是
朵、瑞、睐、发、梭、拉、提
从摇篮里滑出来的是
小表妹梦里的笑意
真的，真的
全世界都在滑滑梯

他看了，大为高兴，问我还有多少，他说可以串成一组来写。我也很兴奋,听到艺术家肯俯身为孩子做事,我总是感动的。我后来搜了十几首,拿去给他——却是拿到医院里给他的,他坐在五病房的接待室里,仍然意气昂扬,仍然笑得那么漂亮:

“每一首都可以写,我一出去就写,真好。”

后来他一直未能出院,他不知是安慰自己还是我,他说:“酝酿得久些,对创作只有好处。”

他还跟我谈他的歌剧,前面一部分序曲已写好,倒是很像《绣襦记》里的郑元和成为歌郎去鬻技的那段。他叙述一个读书人在一场卖唱人的竞歌中得到第一,结果众卖唱人排挤他,他终于在孤单的、不被接纳的情形下,直奔深山,想要参悟生命究竟是什么,可惜中间这段的歌词部分(其实不是歌词部分,而是思想部分),他还想不到较好的处理方法,他提到这出未完成的歌剧有一点点惆怅,他说:

“在海外,一个大歌剧应该是由一个基金会主动邀请作曲家写的,那样就省力多了。”

他说得很含蓄,而且也没有抱怨谁,在所有的艺术家中,作曲家几乎是比剧作家更凄惨的,他必须自己写,自己抄,自己去找演奏的人,并且负责演出(事实上,目前连可供演出的理想地方也没有)。一出歌剧,连管弦乐队动辄百人以上,哪里是个教员所能负担的?他的歌剧写不下去是一件令人神伤的故事。

在医院里，他关心的也不是自己。圣诞节，荣总病房的前厅里有一株齐两层楼高的圣诞树，他很兴奋：

"我跟医院说，让我的学生来奉献一点圣诞音乐好不好，可惜医院不答应，怕吵了病人。"

谈到病，他说：

"知道有病，有两种心情，一种是急，想到要好好地把应该做的事做完，一种反而是轻松——什么都不必在乎了。"

冬天沉寂的下午，淡淡的日影，他的眼神安静深邃，你跟他谈话，他让你走入他的世界，可是，显然地，他还有另一个世界，你可以感到他的随和从众，可是你又同时感到他的孤独。

钴六十对他根本无效，化学疗法只有使他的病情恶化，有一次他说：

"要是我住在一个小地方，从来不知有现代医学，也许我会活得久些。其实那东西回想起来，我在马德里就有——我的身体有办法把它压在那里七八年，想想，前几年我不是还满山遍地跑着去找民谣吗？"

我喜欢他说自己的身体机能可以把癌症压抑七八年的那种表情，他始终都是有自信的。

《严子与妻》上演了，他很兴奋，把我们送他的票都送给了医生，却自己掏钱给孩子买了票。我们给他一万元的作曲费，他也不收，他说：

“我从来没有想过钱这回事，你们可以奉献，我也奉献吧！”

他向医院请假要去看戏，院方很为难：

“让我去，也许是最后一次！”

他到了，坐在艺术馆里，大家都动容了，在整个浩瀚的宇宙剧场中，即使观众席上只有史先生一人，我们的演出也就有了价值。

幕落了，我们特别介绍史先生，他在掌声中站起来，赶到后台和演员握手，演严子的王正良忍不住嚎啕大哭起来，剧场原来是最熙攘也最荒凉的地方，所有的聚无非成散，所有的形象终归成空幻——那是他死前四十三天，他安慰啜泣不已的正良，他说：

“演员的压力也真重啊！”

他倒去安慰演员，他真是好得叫人生气！他从不叫一声苦，倒像生病的是别人，连医生问他，他也不太说，只再三致谢——而其实，不痛苦是不可能的。

有一次，我去看他，他躺着，故作轻松地说：

“我不起来，我有点‘懒’。”

他不说不舒服，只说“懒”，我发觉他和探病者之间总在徒劳无益地彼此相骗。

由于在医学院教书,我也找话来骗他:“有一个教授告诉我两组实验,有两组老鼠,都注射了肺结核,但第二组又加注了肾上腺,结果第一组老鼠都是一副病容,第二组老鼠仍然很兴奋,爬上爬下地活动。”

“对,”他很高兴,“我就是那第二种老鼠。”

我也许不算骗他,我只是没有把整个故事讲完,实验的结果是第二组老鼠突然死了,解剖起来,才发现整个肺部已经烂了——那些老鼠不是没有病,只是在体内拥有一些跟病一样强的东西。

戏演完了,照例的尾声是挨骂,我原来也不是什么豁然大度的人,只是挨惯了骂,颇能了解它是整个演出环节中必然发生的一部分,也就算了,倒是他来安慰我:

“别管他们,我这儿收到一大把信,都是说好话的。”他竟来安慰我。

他的白血球下降了。

他开始用氧气了。

他开始肺积水了。

也不知谁在骗谁,我们仍在谈着出院以后合作一个 Cantata(清唱剧)的事,那已是他死前十天了,他说:

“我希望来帮你忙。”

其实，我对Cantata的兴趣不大，我只是想给一个濒死的人更多活下去的力量，我想先把主旋律给他看，但那是苏武在冰天雪地中面临死亡所唱的一首歌，我怕他看了不免气血翻涌，以致不能静心养病，矛盾了很久迟迟不敢出手，而现在，他再也看不到了，那首主旋律定名为《血笛》：

我的血管是最红最热的一根笛
最长最温柔的笛
从头颅直到脚趾
蜿蜒地流绕我淙淙的爱
给你　我的中国
我的心房是最深最沉的一面鼓
最雄肆最悲伤的鼓
从太古直击到永恒
焦急地献出我渊渊的爱
给你　我的民族

也不知算不算春天，荣总花圃里的早樱已经凄然地红了，非洲菊窜得满地金黄。

有一天,司马中原打电话来问我他的病房,他说华欣的人要去看他。

“反正,也只剩下他骗我们,我们骗他了。”我伤感地说。

“本来就是这样的——要是我有这一天,你也骗我吧!”我感到一种彻骨的悲哀,但还是打起精神为他烤了一块西式虾糕,托司马送去,事后他的女儿告诉我:

“爸爸只吃了几口,他说很好吃。”

就那样几句话,我已感到一种哽咽的幸福。

记得有一次我去台南看史先生的老友赵先生(《滚滚辽河》的作者),赵太太在席间忽然说了一件从来不曾告诉人的二十多年前的秘密——那是连史先生自己也不知道的。

那时候,史先生要去海外学音乐,老朋友都知道他穷,各人捐了些钱,赵先生当时是军医,待遇很低,力不从心,但他还是送了一份钱——那是卖血得来的。

事隔二十多年赵先生只淡然地说一句:“我卖血倒很顺便,我就在医院做事啊!”

有一个朋友肯为你卖血当然是一件幸福的事,但反过来说,能拥有一个值得为之去卖血的朋友,他活着,可以享受你的奉献,应该是一件同样幸福的事。

"他们那一代的事,今天的人不但不解,"有一次和亮轩在电话里谈起,他说,"而且也不能想象。"

真的,在观光饭店饯行,指定喝某个年份的白兰地,谈某某人的居留权,谁能了解那个以血相交的一代?

史先生很早就受过洗,他一直不是那种打卡式的标准信徒,然而他私生活的严谨,他的狷介耿直,期之今世,能有几人?在内心深处,他比谁都虔诚都热切。

他初病的时候我写了一封信给他,附了一篇祈祷文,我没有告诉他祈祷文的作者是我,我不惯于把自己的意志强烈地加在别人身上,但他似乎十分快乐,他说:"那篇祈祷文真好,我已经照那样祈祷了。"又过了一段时间,他要儿子给他买一本笔记簿,那篇祈祷文被抄录在第一页上:

祷　词

上帝,我是一个渺小的人

　　但仍然懂得羡慕你的伟大

上帝,我是一个常犯错的人

　　但仍然渴望去亲近你的圣洁

上帝，我是一个脆弱的人

　　但仍然向往十字架上救赎的爱

上帝，我的生命短暂如一声叹息

　　但永恒在你

上帝，我不知何所归依，如风中一苇

　　但看见你，弱草亦化为芦笛

上帝，别人只能看见我昂着站着的身影

　　你却窥见自内心深处向你膜拜的我

我趁香港开会之便，买了个耶路撒冷的橄榄木做的十字架送给他，木纹细致古拙，他很激动地抱在胸前，摩挲着，紧按着，那一刹间，我觉得他握着的不是一个小礼物，而是他所爱的一个生活模式——他一生都在背负着十字架。

他一再向我道谢，说我给了他最贵重的礼物——其实和他所赠给我的相比，我什么都没有给他，他给我的是他自知不起后剩余的健康，是他生命末期孤注一掷的光和热，我无法报答他相知相重的情谊，我只能把自己更多地投向他爱过的人群。

一九七七年二月十四日下午三时五十分，他闭目了。

有些人的死是“完了”，史先生的死却是“完成了”，他完成了一个"人"的历程。

《严子与妻》的配乐，并非他最后的绝响，因为真正的弦音在指停时仍琤玐，真正的歌声在板尽处仍缭绕，史先生留下的是一代音乐家的典型，是希声的大音，沉寂的巨响。

孤意与深情

我和俞大纲老师的认识是颇为戏剧性的，那是八年以前，我去听他演讲，活动是李曼瑰老师办的，地点在“中国话剧欣赏委员会”，地方小，到会的人也少，大家听完了也就零零落落地散去了。

但对我而言，那是个截然不同的晚上，也不管夜深了，我走上台去找他，连自我介绍都省了，就留在李老师办公室那套破旧的椅子上继续向他请教。

俞老师是一个谈起话来就没有时间观念的人，我们愈谈愈晚，后来他忽然问了一句：

“你在什么学校？”

“东吴——”

“东吴有一个人，”他很起劲地说，“你去找她谈谈，她叫张晓风。”

我一下愣住了，原来俞老师竟知道我而且器重我，这么大年纪的人也会留心当代文学，我当时的心情简直兴奋得要轰然一声烧起来，可惜我不是那种深藏不露的人，我立刻就忍不住告诉他我就是张晓风。

然后他告诉我他喜欢我的散文集《地毯的那一端》，认为深得中国文学中的阴柔之美，我其实对自己早期的作品很羞于启齿，由于年轻和浮浅，我把许多好东西写得糟极了，但被俞老师在这种情形下无心地盛赞一番,仍使我窃喜不已。

接着又谈了一些话,他忽然说:

“白先勇你认识吗?”

“认识。”那时候他刚好约我在他的晨钟出版社出书。

“他的《游园惊梦》有一点小错,”他很认真地说,“吹腔,不等于昆曲,下回告诉他改过来。”

我真的惊讶于他的细腻。

后来,我就和其他的年轻人一样,理直气壮地穿过怡太旅行社业务部而直趋他的办公室里聊起天来。

“办公室”设在馆前路,天晓得俞老师用什么时间办“正务”,总之那间属于怡太旅行社的办公室,时而是戏剧研究所的教室,时而又似乎是“振兴国剧委员会”的免费会议厅,有时是某个杂志的顾问室……总之,印象里满屋子全是人,有的人来晚了,到外面再搬张椅子将自己塞挤进来,有的人有事便径自先离去,前前后后,川流不息,仿佛开着流水席,反正任何人都可以在这里做学术上的或艺术上的打尖。

也许是缘于我的自私,我自己虽也多次从这类当面的和电话聊天中得到许多好处,但我却并不赞成俞老师如此无日无夜的来者不拒。我固执地认为,不留下文字,其他都是不可信赖的。即使是嫡传弟子,复述自己言论的时候也难免有失实之处,这话不好直说,我只能间接催老师。

“老师,您的京剧剧本应该抽点时间整理出来发表。”

“我也是这样想呀!”他无奈地叹了口气,“我每次一想到发表,就觉得到处都是缺点,几乎想整个重新写过——可是,心里不免又想,唉,既然要花那么多功夫,不如干脆写一本新的……”

“好啊,那就写一个新的!”

“可是,想想旧的还没有修整好,何必又弄新的?”

唉,这真是可怕的循环。我常想,世间一流的人才往往由于求全心切反而没有写下什么,大概执着笔的,多半是二流以下的角色。

老师去世后,我忍不住有几分生气,世间有些胡乱出版的人是“造孽”,但惜墨如金竟至不立文字,则对晚辈而言近乎“残忍”。对“造孽”的人历史还有办法,不多久,他们的油墨污染便成陈迹,但不勤事写作的人连历史也对他们无可奈何。倒是一本《戏剧纵横谈》在编辑的半逼半催下以写随笔的心情反而写出来了,算是不幸中的小幸。

有一天和尉素秋先生谈起,她也和我持一样的看法,她说:“唉,每天看讣闻都有一些朋友是带着满肚子学问而死的——可惜了。”

老师在世时,我和他虽每有会意深契之处,但也有不少时候,老师坚持他的看法，我则坚持我的。如果老师今日复生，我第一件急于和他辩驳的事便是坚持他至少要写两部书，一部是关于戏剧理论，另一部则应该至少包括十个京剧剧本，他不应该只做我们这一代的老师，他应该做以后很多年轻人的老师……

对于我的戏剧演出，老师的意见也甚多，不论是“灯光”、“表演”、“舞台设计”、“舞蹈”，他都“有意见”，事实上俞老师是个连对自己都“有意见”的人，他的可爱正在他的“有意见”。他的意见，有的我同意，有的我不同意，但无论如何，我十分感动于每次演戏他必然来看的关切，而且还让怡太旅行社为我们的演出特别赞助一个广告。

老师说“对”说“错”表情都极强烈，认为正确时，他会一叠声地说：“对——对——对——对——……”

每一个对字都说得清晰、缓慢、悠长，而且几乎等节拍，认为不正确时，他会嘿嘿而笑，摇头，说：

“完全不对，完全不对……”

令我惊讶的是老师完全不赞同比较文学，记得我第一次试着和他谈谈一位学者所写的关于元杂剧的悲剧观，他立刻拒绝了，并且说：

“晓风，你要知道，中国和西洋是完全不同的，完全不同的，一点相同的都没有！”

“好,”我不服气,“就算比出来的结果是‘一无可比’,也是一种比较研究啊!”

可是老师不为所动,他仍坚持中国的戏就是中国的戏,没有比较的必要,也没有比较的可能。

“举例而言,”好多次以后我仍不死心,“莎士比亚和中国的悲剧里在最严肃最正经的时候,却常常冒出一段科诨,——而且,常常还是黄色的。这不是十分相似的吗?”

“那是因为观众都是新兴的小市民的缘故。”

奇怪,老师肯承认它们相似,但他仍反对比较文学。后来,我发觉俞老师和其他一些年轻人在各方面的看法也每有不同,到头来各人还是保持了各人的看法,而师生,也仍然是师生。

有一阵,报上猛骂一个人,简直像打落水狗,我打电话请教他的意见,其实说“请教”是太严肃了些,俞老师自己反正只是和人聊天(他真的聊了一辈子天,很有深度而又很活泼的天),他绝口不提那人的“人”,却盛赞那人的文章,说:

“自有白话文以来,能把旧的诗词套用得那么好,能把固有的东西用得这么高明,此人当数第一!”

“是‘才子之笔’对吗?”

“对,对,对。”

他又赞美他取譬喻取得婉委贴切。放下电话,我感到什么很温暖的东西。我并不赞成老师说他是白话文的第一高手,但我喜欢他那种论事从宽的胸襟。

我又提到一个骂那人的人。

“我告诉你,”他忽然说,“大凡骂人的人,自己已经就受了影响了,骂人的人就是受影响最深的人。”

我几乎被这怪论吓了一跳,一时之间也分辨不出自己同不同意这种看法,但细细推想,也不是毫无道理。俞老师凡事愿意退一步想,所以海阔天空竟成为很自然的事了。

最后一次见老师是在“国军文艺中心”,那晚演上本《白蛇传》,休息的时候才看到老师和师母原来也来了。

师母穿一件枣红色的曳地长裙,衬得银发发亮。师母一向清丽绝俗,那晚看起来比平常更为出尘。

不知为什么,我觉得老师脸色不好。

“《救风尘》写了没?”我趁机上前去催问老师。

老师曾告诉我他极喜欢元杂剧《救风尘》,很想将之改编为京剧。其实这话说了也有好几年了。

“大家都说《救风尘》是喜剧,”他曾感叹地说,“实在是悲剧啊!”

几乎每隔一段时间,我总要提醒俞老师一次《救风尘》的事,我自己极喜欢那个戏。

“唉——难啊——”

俞老师的脸色真的很不好。

“从前有位赵老师给我打谱——打谱太重要了，后来赵先生死了，现在要写，难啊，平剧——”

我心里不禁悲伤起来，作词的人失去了谱曲的人固然悲痛，但作词的人自己也不是永恒的啊！

“这戏写得好，”他把话题拉回《白蛇传》，“是田汉写的。后来的《海瑞罢官》也是他写的——就是给批斗了的那一本。”

“明天我不来了！”老师又说。

“明天下半本比较好啊！”

“这戏看了太多遍了。”老师说话中透露出显然的疲倦。

我不再说什么。

后来，就在报上看到老师的死。老师患先天性心脏肥大症多年，原本也就是随时可以撒手的，前不久他甚至在出租车上突然失去记忆，不知道回家的路。如果从这些方面来看，老师的心脏病突发倒是我们可能预期的最幸福的死了。

悲伤的是留下来的师母，和一切承受过他关切和期望的年轻人，我们有多长的一段路要走啊！

老师生前喜欢提及明代一位女伶楚生，说她“孤意在眉，深情在睫”，“孤意”和“深情”原来是矛盾的，却又很微妙地也是一个艺术家必要的一种矛盾。

老师死后我忽然觉得老师自己也是一个有其“孤意”有其“深情”的人，他执着于一个绵邈温馨的中国，他的孤意是一个中国读书人对传统的悲痛的拥姿，而他的深情，使他容纳接受每一股昂扬冲激的生命，因而使自己更其波澜壮阔，浩瀚淼淼……

她曾教过我

——为纪念中国戏剧导师李曼瑰教授而作

秋深了。

后山的蛩吟在雨中渲染开来，台北在一片灯雾里，她已经不在这个城市里了。

记忆似乎也是从雨夜开始的，那时她办了一个编剧班，我去听课；那时候是冬天，冰冷的雨整天落着，同学们渐渐都不来了，喧哗着雨声和车声的罗斯福路经常显得异样的凄凉，我忽然发现我不能逃课了，我不能把她一个人丢给空空的教室。我必须按时去上课。

我常记得她提着百宝杂陈的皮包，吃力地爬上三楼，坐下来常是一阵咳嗽，冷天对她的气管非常不好，她咳嗽得很吃力，常常憋得透不过气来，可是在下一阵咳嗽出现之前，她还是争取时间多讲几句书。

不知道为什么，想起她的时候总是想起她提着皮包、佝着背踽踽行来的样子——仿佛已走了几千年，从老式的师道里走出来，从湮远的古剧场里走出来，又仿佛已走几万里地，并且涉过最荒凉的大漠，去教一个最懵懂的学生。

也许是巧合，有一次我问文化学院戏剧系的学生对她有什么印象，他们也说常记得站在楼上教室里，看她缓缓地提着皮包走上山径的样子，她生平不喜欢照相，但她在学生心中的形象是鲜活的。

那一年她为了纪念父母，设了一个“李圣质先生夫人剧本奖”，她把首奖颁给了我的第一个剧本《画》,她又勉励我们务必演出。在认识她以前,我从来不相信自己会投入舞台剧的工作——我不相信我会那么傻,可是,毕竟我也傻了,一个人只有在被另一个傻瓜的精神震撼之后,才有可能成为新起的傻瓜。

常有人问我为什么写舞台剧,我也许有很多理由,但最初的理由是"我遇见了一个老师"。我不是一个有计划的人,我唯一做事的理由是:"如果我喜欢那个人,我就跟他一起做。"在教书之余,在家务和孩子之余,在许多繁杂的事务之余,每年要完成一部戏是一件压得死人的工作,可是我仍然做了,我不能让她失望。

在《画》之后,我们推出了《无比的爱》、《第五墙》、《武陵人》、《自烹》(仅在香港演出),《和氏璧》和今年即将上演的《第三害》,合作的人如导演黄以功,舞台设计聂光炎,也都是她的学生。

我还记得,去年八月,我写完《和氏璧》,半夜里叫了一部车到新店去叩她的门,当时我来不及誊录,就把原稿呈给她看。第二天一清早她的电话就来了,她鼓励我,称赞我,又嘱咐我好好筹演,听到她的电话,我感动不已,她一定是漏夜不眠赶着看的。现在回想起来不免内疚,是她太温厚的爱把我宠坏了吧,为什么我兴冲冲地去半夜叩门的时候就不曾想想她的年龄和她的身体呢?她那时候已经在病着吧?还是她活得太乐观太积极,使我们都忘了她的年龄和身体呢?

我曾应《幼狮文艺》之邀为她写一篇生平介绍和年表，有很长一段时间，我仔细观察她的生活，她吃得很少（家里倒是常有点心），穿得也马虎，住宅和家具也只取简单实用，连出租车都不大坐。我记得我把写好的稿子给她看时，她只说："写得太好了——我哪里有这么好？"接着她又说："看了你的文章别人会误会我很孤单，其实我最爱热闹的，亲戚朋友大家都来了我才喜欢呢！"

那是真的，她的独身生活过得平静、热闹而又温暖，她喜欢一切愉悦的东西，她像孩子。很少看见独身的女人那样爱小孩的，当然小孩也爱她，她只陪小孩玩，送他们巧克力，她跟小孩在一起的时候只是小孩，不是学者，不是教授，不是"立法委员"。

有一夜，我在病房外碰见她所教过的两个女学生，说是女学生，其实已是孩子读大学的华发妈妈了，那还是她在大学毕业和进入研究所之间的一年，在广东培道中学所教的学生，算来已接近半世纪了（李老师早年尝用英文写过一个剧本《半世纪》，内容系写一传教士终身奉献的故事，其实现在看看，她自己也是一个奉献了半世纪的传教士）。我们一起坐在廊上聊天的时候，那太太掏出她儿子从台中写来的信，信上记挂着李老师，那大男孩说："除了爸妈，我最想念的就是她了。"——她就是这样一个被人怀念、被人爱的人。

作为她的学生，有时不免想知道她的爱情，对于一个爱美、爱生命的人而言，很难想象她从来没有恋爱过，当然，谁也不好意思直截地问她，我因写年表之便稍微探索了一下，我问她："你平生有没有什么人影响你最多的？"

"有，我的父亲，他那样为真理不退不让的态度给了我极大的影响，我的笔名雨初（李老先生的名字是李兆霖，字雨初，圣质则是家谱上的排名）就是为了纪念他。""除了长辈，我也指平辈，平辈之中有没有朋友是你所佩服而给了你终生的影响的？"她思索了一下说："有的，我有一个男同学，功课很好，认识他以前我只喜欢玩，不太看得起用功的人，写作也只觉得单凭才气就可以了，可他劝导我，使我明白好好用功的重要，光凭才气是不行的——我至今还在用功，可以说是受他的影响。"

作为一个女孩子，我很难相信一个女孩既折服于一个男孩而不爱他的，但我不知道那个书念得极好的男孩现今在哪里，他们有没有相爱过？我甚至不敢问他叫什么名字。他们之间也许什么都没开始，什么都没有发生——当然，我倒是宁可相信有一段美丽的故事被岁月遗落了。

据她在培道教过的两个女学生说："倒也不是特别抱什么独身主义，只是没有碰到一个跟她一样好的人。"我觉得那说法是可信的，要找一个跟她一样有学养、有气度、有原则、有热度的人，质之今世，是太困难了。多半的人总是有学问的不肯办事，肯办事的没有学问，李老师的孤单何止在婚姻一端，她在提倡剧运的事上也是孤单的啊！

有一次，一位在香港导演舞台剧的江伟先生到台湾来拜见她，我带他去看她，她很高兴，送了他一套签名著作。江先生第二次来台的时候，她还请他吃了一顿饭。也许因为自己是台山人，跟华侨社会比较熟，所以只要听说海外演戏，她就非常快乐、非常兴奋，她有一件超凡的本领，就是在最无可图为的时候，仍然兴致勃勃的，仍然相信明天。

我还记得那一次吃饭，她问我要上哪一家，我因为知道她一向俭省（她因为俭省惯了，倒从来不觉得自己是在俭省了，所以你从来不会觉得她是一个在吃苦的人），所以建议她去云南人和园吃“过桥面”。她难得胃口极好，一再鼓励我们再叫些东西，她说了一句很慈爱的话：“放心叫吧，你们再吃，也不会把我吃穷。不吃，也不会让我富起来。”而今，时方一年，话犹在耳，老师却永远不再吃一口人间的烟火了，筵席一散，就一直散了。

今秋我从海外回来，赶完了剧本，想去看她，曾问黄以功她能吃些什么，“她什么也不吃了，这三个月，我就送过一次木瓜，反正送她什么也不能吃了——”

我想起她最后的一个戏《瑶池仙梦》，汉武帝曾那样描写死亡：

你到如今还可以活在世上，行着，动着，走着，谈着，说着，笑着：能吃，能喝，能睡，能醒，又歌，又唱，享受五味，鉴赏五色，聆听五音，而她，却蛰伏在那冰冷黑暗的泥土里，她那花容月貌，那慧心灵性……都……都……

心中黯然久之。

李老师和我都是基督徒，都相信永生，她在极端的痛苦中，我们曾手握着手一起祷告，按理说是应该不在乎“死”的——可是我仍然悲痛，我深信一个相信永生的人从基本上来说是爱生命的，爱生命的人就不免为死别而凄怆。

如果我们能爱什么人，如果我们要对谁说一句感恩的话，如果我们要送礼物给谁，就趁早吧！因为谁也不知道明天还能不能表达了。

其实，我在八月初回台的时候，如果立刻去看她，她还是精神健旺的，但我却拼着命去赶一个新剧本《第三害》，赶完以后又漏夜誊抄，可是我还是跑输了，等我在回台二十天后把抄好的剧本带到病房去的时候，她已进入病危期了。她的两眼睁不开，她的声音必须伏在胸前才能听到，她再也不能张开眼睛看我的剧本了。子期一死，七弦去弹给谁听呢？但是我不会摔破我的琴，我的老师虽走了，众生中总有一位足以为我之师为我之友的，我虽不知那人在何处，但何妨抱着琴站在通衢大道上等待呢？舞台剧的艺术总有一天会被人接受的。

年初，大家筹演老师的《瑶池仙梦》的时候，心中已有几分忧愁，聂光炎曾说："好好干吧，老人家就七十岁了，以后的精力如何就难说了，我们也许是最后一次替她效力了。"不料一语成谶，她果真在《瑶池仙梦》三个月以后开刀，在七个月后不治。《瑶池仙梦》后来得到金鼎奖的最佳演出奖，其导演黄以功则得到最佳导演奖，我不知对一位终生不渝其志的戏剧家来说这种荣誉能增加她什么，但多少也表现社会给她的一点尊重。

有一次，她开玩笑地对我说：

"我们广东有句话：'你要受气，就演戏。'"

我不知她一生为了戏剧受了多少气，但我知道，即使在晚年，即使受了一辈子气，她仍是和乐的，安详的。甚至开刀以后，眼看是不治了，她却在计划什么时候出院，什么时候去为她的两个学生黄以功和牛川海安排可读的学校，寻找一笔深造的奖学金，她的遗志没有达成便撒手去了。以功和川海以后或者有机会深造，或者因恩师的谢世不再有肯栽培他们的人，但无论如何，他们已自她得到最美的遗产，那是她的诚恳和关注。

她在病床上躺了四个月，几上总有一本《圣经》，床前总有一个忠心不渝的管家阿美，她本名叫李美丹，也有六十了，是李老师邻村的族人，从抗战后一直跟从李老师到今，她是一个瘦小的、大眼睛的、面容光洁的、整日身着玄色唐装而面带笑容的老式妇女。老师病笃的时候曾因她照料辛苦而要加她的钱，她黯然地说："谈什么钱呢？我已经服侍她一辈子了，我要钱做什么用呢？她已经到最后几天了，就是不给钱，我也会侍候的。"我对她有一种真诚的敬意。

亚历山大大帝曾自谓："我两手空空而来，两手空空而去。"但作为一个基督徒的她却可以把这句话改为："我两手空空而来，但却带着两握盈盈的爱和希望回去，我在人间曾播下一些不朽，是给了别人而依然存在的。"

最后我愿将我的新戏《第三害》和它的演出，作为一束素菊，献于我所爱的老师灵前，曾有人赞美过我，曾有人诋毁过我，唯有她，曾用智慧和爱心教导了我。她曾在前台和后台看我们的演出，而今，我深信她仍殷殷地从穹苍俯身看我们这一代的舞台。

找个更高大的对手

两个小孩滚在地上打架，一个五年级，一个三年级，小的那个显然打不过大的，头上被打裂了一个口子，血流出来。

二十六年以后，孩子头上的血口早已缩为一个不显眼的疤。

“你那时候为什么要跟五年级的打？”

“忘了，好像是为了争躲避球吧？”

“你不知道他个子比你大吗？”

“晓得，但没办法，”他说，“我不喜欢比我小的对手，我喜欢跟高手较量——我这辈子就喜欢和高手较量。”

当年那个孩子，后来成了一个导演，叫黄以功。

* * *

“小学四年级，老师姓李。”他记得很清楚，“师范刚毕业，长得小巧玲珑、干净清爽，我真喜欢她，我第一次了解什么叫爱的教育，她叫我做级长，我后来一直做级长，做到中学毕业——包括中学留级的第七年。”

“功课像你这样‘不怎么样’的人，还能做级长吗？”

“也许我表达能力好，也许我美术特别好，也许我扫地比别人主动……不晓得——说来好玩，我太喜欢那李老师了，所以以后我喜欢的女孩子也是那一型的，小巧、清爽……”

*　　*　　*

“答迪答——迪答——迪答”

凄厉的喇叭声，又有人死了。

在极乐殡仪馆旁边，那小男孩漠然地听着送葬的音乐。又过了一会儿，他用同样漠然的眼睛扫了一眼天上的黑烟，那是从火葬场升起的。

而他的家，刚好搭在殡仪馆和火葬场之间。

“生死，我看多了，没什么！”许多年以后，他仍然如此淡淡地一挥手。

*　　*　　*

那个家，只有两个榻榻米大，却住着他的父母和他。

家徒四壁，里面却塞满许多看不见的东西，一些飘飘忽忽的回忆，赴台时未能带出来的三个姐姐，死在路上的弟弟，故乡……塞得人心头满满的。

有一天,父母意外地给了他一个特别丰富的便当,里面有蛋有肉,另外还给他五块钱,那一天,他们也对他特别慈爱,他高高兴兴地上学去了,那年头的五元比现在的两百元还多吧?

而那一天,那对贫穷夫妻走到华山火车站,准备自杀,因为日子实在是穷得一筹莫展了。所能留给儿子的遗产只是一个便当和五块钱。

一个外国传教士发现了,把他们说服了,他们回家,父亲去给人家打工,母亲去给人家洗衣,心里却有个磨磐式的念头:

“黄家就这一个孩子了,黄家要有人念书。”

* * *

他在家门口挖洞,挖好了打了些井水灌了进去,上面还加个破玻璃罩。然后,他把捉来的泥鳅小鱼放进去,水要干了,他就再加。

“我不管在哪里都喜欢搞点这种事情。”

他做的那种事用今天的眼光来看应该叫“庭园设计”,不过,等他长大以后,倒没有挖过池子,他挖了不少美,不少概念,而且,不管周围环境有多倒霉,他总能负责地弄好一个漂亮的小局面。

* * *

村子那一带原来叫三板桥，后来，住进了许多山东人和江苏人，就叫山东村，里面只有一口井，大家横七错八地搭些破房子勉强住着。

那种可口可乐的铝罐子，两个可以卖一毛钱，村子里的孩子一有空就去捡。当然，那时候台湾还没有人喝那玩意儿，他们是去美侨村捡的。

比捡罐子更赚钱的是去拉车，一次可以赚个两三块钱。

“车子是村子里的叔叔伯伯的，他们休息的时候我们拉了就跑，有的看见我们是小孩，不让我们拉。也有些要到近处去的，就让我们拉了。有时候把车胎拉破了，就偷偷去补好——奇怪，那村子里的小孩不做坏事，也不打架，要是弄到钱呢，就存起来。那时候，大家想疯了的是一把口琴。”

* * *

村子口上又拉起棚来，小孩全都兴奋得不知如何是好，晚上要演歌仔戏了！

“《路遥知马力》。”

他一辈子都记得那些吸引人的戏目，闪红亮绿的衣服，舞台上逼人的灯光，以及沸沸腾腾的观众……

“歌仔戏谈不上体系，如果十八个人在台上，就有十八套表演办法，而且你到后台一看，嚼槟榔的嚼槟榔，吐痰的吐痰，撒尿的撒尿，打架的打架，还有打小孩的，奶娃娃的。然后，锣一响，往前台一冲，戏就又演下去了，真看得人目瞪口呆，那些年，在三板桥真不知看了多少戏。”

那些当年在三板桥作场的歌仔戏演员大概没想到那个扒开门帘往后台张望的小孩后来会在电视台导播歌仔戏。

* * *

“黄以功昨天在卖奖券，我看见了！”

他平时是在同庆楼附近卖奖券的，不知怎么给这家伙看见了，还回到班上来宣传。

“还好，那时候还不懂得‘自卑感’——也许是因为一九五六年我刚好当选模范儿童吧！”

*　　*　　*

他清楚地记得那只母亲养得肥肥大大的“洛岛红”鸡,生浅棕色的蛋。

母亲叫他到市场去卖,那时他六年级。来了一个富泰的太太,她买下了,吩咐他要代送回家去。

他敲了门,应门的是一个伶俐的女孩,她刚好是他在班上最喜欢的一个女生啊,怎么有这么倒霉,两个人一下子都愣住了。

*　　*　　*

晚上,父亲回来,巴巴的在袋子摸索了半天,说:

“我给你买了一个热面包。”

他接过来一看,面包已挤成扁的,分明像一张烙饼。但他总算带回一个面包来了,“面包”就这老实人而言是一种很时髦很营养的好东西,他满足地看着儿子独个儿把它吃下去。

“老老实实做人——不要做坏事。”父亲说,他是一个单纯的人,想不出更复杂的庭训。

他听着,把父亲的话跟面包一起吃了。

“我从来不在乎钱,”他反刍着那些年来所承受的关爱,说,“反正钱那种东西我本来就没有,我只认为亲情是最重要的。”

* * *

母亲在绣一只老虎头鞋,辉丽的金黄色丝线,一针一针地聚拢来,黑黑的有神的眼睛,小小巧巧的耳朵,好一只漂亮和气的小老虎。

她还替人画绣花枕头的样子,有时候,她替人画八仙,倒也画得气韵生动。

他每次看到那些女红,都深觉惊讶,母亲从来没有受过正式的教育,她怎么会画的?

他觉得有一种种子似的东西,在他心中发芽,他也渴望要画。

* * *

“你不要看我考试。”考初中的时候他自觉是个大男孩了,“你要看我,我就不考。而且,你也不要再拿粽子来叫我吃了!”

母亲没说什么。

他考完,走出了考场,才发现母亲原来还是来了。她一直躲在围

墙外面,看见他,高兴地一把抓住,说:

“吃个粽子。”

他苦着脸吃了,这是她的绝不可破的老规矩,考试那天一定要吃包着枣的粽子,因为可以“早中”。

那一年,他考取了“成渊国中”。

一连三次,他得到作文比赛第一名。

美术比赛他得过第一、第二和第三。

高中的有几个人看他这个初中生还不错,把他算做一伙的,一起搞起《成渊青年》和一本叫《清流》的杂志来。而《清流》两字是由于右任先生写的。写《成渊青年》社论的是高三一个老成持重的学长,叫宋楚瑜,他自己则写点小说新诗。

那一年,他初三,就要毕业了,印刷厂里却积欠了六百多块钱的杂志印刷费。老板气冲冲地来找校长,校长一面答应扣发毕业证书一面约谈家长。

一下子欠了六百元,父母都吓呆了,哪有这么多钱还?

父亲不停地去摸他的一枚金戒指。

“那个不能卖!”母亲厉声说。

父亲不说话。仓皇逃难,他只剩下两样最宝贵的东西,儿子和戒指,上面还刻着他自己的名字,眼看着,儿子拿不到毕业证书了,要不要他读高中呢？

他终于把戒指卖了，为了那个糊里糊涂爱办杂志的儿子。

*　*　*

“喂，你要是真有本事，”同学起哄，“就追这一个。”

他好好把那女孩看了一下，果真又漂亮又有气质，可是这家伙家里不知多有钱，她是坐自用三轮车来上学的。

“好，瞧我的！”

高中同学都够义气，忽然之间，他像发了横财似的，从头到脚全不一样了，有人借夹克，有人借皮鞋，有人借衬衫，在整个“攻击行动”里，除了情书是他亲自写的，其他全是群策群力完成的装备，连约会当天他捏在手里的电影票也是同学逃学排队去买来的。要买那张票可不容易，因为女孩有个习惯，只看万国戏院楼上第六排第一号的位子，所以那个“够义气的朋友”只好一早去排队，指定买第六排第一三号两个位子。

“我喜欢朋友。”他说，“大概因为我从小家里只有一个人的关系。”

想起来，他的半辈子也无非是这样一场闲情，一场起哄，朋友一吆喝，一凑手，再难的事情他也敢去动一动。

“可是，奇怪，在内心深处，我其实是孤独的。”

真有点让人惊讶！不过，也许他说的是对的。

*　　*　　*

在高中，他又傻劲大发，办了一个杂志叫《鹿苑》。杂志后来又垮了，好在没赔钱，父亲再没有第二个戒指了。

*　　*　　*

跟女孩子在一起，他总是十分有自信地告诉人家：

“你不会后悔的，我将来总会有出息的！”

倒也不是骗人，他一直就这样相信。他相信自己冲得过去，他也相信，这社会是一个公平广阔的跑场。

*　　*　　*

他第一次自己存钱去买一本书，花了三十几块，书名叫《飘》，他把它连看三遍。

“我得到两个东西,到今天还受用,第一,是爱土地的那份真情,第二,我也相信‘明天还是有希望的’。”

“对书里的人物塑造呢?”

“也喜欢,我喜欢人物有强烈性格,人到底还是宇宙的中心。——我也喜欢沃特·迪斯尼,”他补充,“他把世界美化了,不是我不写实,但是你如果对‘实’看得更深,你就知道,它并不是那么丑陋的。”

* * *

“我从小就穷,可是,奇怪,我就是不恨这个社会,”他说,“帮助我的人太多了,譬如明明没有钱交学费,就是有人替我出了。

“整个来讲,我佩服老一辈,譬如在传播界,有人骂老一辈黑,可是,我看年轻一辈更黑,因为生活更糜烂,物质欲望更高,想拿的钱就更多,老一辈还给我们些机会,我们舍得给下一代机会吗?我小时候跟一个姓邱的朋友很要好,成天窝在他家,不时在他家吃,在他家睡,他母亲不但不嫌我,还带我跟她儿子一起睡在一张大床上。我现在想想,如果我儿子成天带个同学来吃来睡,我烦不烦?这样一想,我对老一辈的厚道、不现实,还是佩服的。还有些年轻人专搞些代沟题材,我自己讨厌这种题材,我只知道我的父母给我的是完整的爱,我只知道我的师长对我是全心的期望。

“我记得我读到大学了,还在‘立法院’的‘康园’吃人家的剩饭,许多委员都知道这件事。但不管父亲多穷,不管他混到退休也只是‘立法院’的工友,我都尊敬他,我爱他那种自始至终一成不变的作风。有一次吴延环委员对我说:

‘你就是老黄的儿子吗?你有今天,完全是因为你爸爸人好,修来的。’

“我完全相信他那句话,无论如何,你笑我浅薄幼稚也好,你笑我是一个单纯的基督徒也好,我相信人间是温暖的,我相信坚持原则是可以做出成果来的,我相信两代之间——在家里或者社会里——是可以有和谐有了解的。”

* * *

“你们戏剧的同学后来都怎么样了?”

“后来,大部分从商了,小部分教书了,班上真搞戏剧的只我一个——孙国旭也是我同班的,他在华视,不算搞戏,不过总算在传播界。这也没办法，联考进来的，念戏剧系文武两样全来不了，武的，我指的是做演员，去演；文的是编剧、导演……两样如果都不行，怎么办呢？

“念大学要靠上课听教授讲而得到些什么，太难了，有的教授一个劲地抄英文笔记，有的破口大骂我们不配学戏剧，下了课，同学只有一个感觉，我们算全是婊子养的，不是人，我们什么都没得混的……

“可是，也有好的老师，像李曼瑰，她耐心地就着我们的程度来教我们，我这一辈子遵行着她的一句话：‘不要投机取巧，扎扎实实的，一步一步慢慢来。’她死的前一年，我导她写的戏，我的胆子大，跟她说，老师这里要改成这样，那里要改成那样，她都纵容地答应了。我导演，要用什么手法，她都赞成，我很幸运总是会遇见好老师。

“自己看书，收获反而很多，不过我这个人从小脾气拗，我老是爱问：‘为什么一定要这样？’学校里说，舞台分六区，中间的位置是帝王的位置，两边呢，是阴谋的区域，难道非这样不可吗？为什么？不这样不行吗？舞台不是可以成为无数个区吗？不是也可能只有一个区域吗？我这样想着，探索着，也就搞出一套自己的想法……”

*　　*　　*

二十五岁,有一天,他骑着破脚踏车,穿件短裤,就上准岳母家去求婚了。

岳母知道他什么也没有,倒是看中了他的鼻子,他从小的绰号叫“大鼻子”,据说大鼻子是主富贵的,他万分感激发明这种说法的相士。岳父是银行家,他也无可无不可的,只说:“你们反正还不是都讲好了。”

结婚好几年,他们一直叫他“傻女婿”。

除了结婚,他一辈子没再穿过西装。忽有一天接到通知,要他“服装整齐”去领“‘教育部’的文艺奖章”,他慌忙去找大舅子借了领带,又找小舅子借了西装,穿好,上台领奖了,然后又急忙脱了,让物归原主。

*　　*　　*

“我一毕业先教了一年书,教美术,我还是个不错的老师呢！后来要结婚,就到台北来了。先在信义宗的传播机构做事,后来又在光启社学了剪接和冲洗，然后就到了台视，名分是演员管理，做的是企划，也做了半年场务，到《玉钗盟》才做了个“现场指导”（类似副导），到《伐纣》，算是真的做导播了。

“我其实是一个很含忍的人，我的理想达不到，别人不照我的办法做，没关系，我还是做，我服从既有的制度，我遵循命令，但我‘偷偷的’把事情用我自己的办法做得更好了一点，让人看见，然后说：‘你看这样不是好一点吗？’对方让了一点步，我下回再多走一点，我不像那种年轻气盛的小伙子，一言不合，拍了桌子就走，那种人，一件事也做不成，最后只剩下一肚子理想。

“我的身体并不好，小时候得过肺病，虽然结了疤，但如果太累，疤就会又张开来，我曾经三次吐血住院，我以为我完了。但我总算又爬起来，而且一旦病好，一定又重新坚持‘交给我的事，我会全力去办’。别人说‘黄以功的品质，有一定的水准’，别人说，‘他的东西可以信赖’，我觉得就是无上的报偿了。《秋水长天》那次，公司忽然想起来，给了我三万奖金，我很感动，觉得那是三百万。

“我在公司里对老一辈的演员像曹健、张冰玉、傅碧辉这些人从来不叫他们的名字，我总是叫他们叔叔、阿姨，而他们，只要在工作时，他们也一定叫我导播，大家相处得很好。我尊敬他们没别的，是因为他们那么多年以来一直在为戏剧尽力。他们呢，也自自然然地把我当晚辈来爱护。”

“你跟演员一向都处得那么好吗?”

“不,刚去台视的时候还大骂过两个,一个是白嘉莉,一个是王孙,没想到骂完不久,倒又成为好朋友了。

“演员跟着我也很苦,我喜欢出外景,一会儿鹿港,一会儿淡水,演员跑到中部南部,累得要死,公司只多发一百八十元一天,谁爱出外景?可是因为是我请他们去的,他们也就不说话,出来了。像萧芳芳、胡茵梦这种演员,也规规矩矩拿一样多的钱而没有暗盘。光看萧芳芳带二十几种药瓶跟着我跑,就已经够令人感动的。跟胡茵梦合作也很愉快,有人说她拍戏是‘迟到大王’,一迟居然五六小时,跟我拍《碧海情涛》,她差不多不迟到了,万一迟了,也顶多只迟半小时,演起戏来也认真。我一向看不起砸杯子的导演,作威作福有什么用?权威是建立在作品上的,不是建立在拍桌子骂人上的。我其实有时也生气,但是我顶多生自己的闷气,最重要的是想办法解决问题,光是生气谁都会,用不着做导演的来生!

“‘新闻局’办什么‘演艺人员研习会’,其实我倒觉得该去接受讲习的是导演和其他电视电影的制片以及工作人员,‘什么人玩什么鸟’,导演这么烂,他还能造就出什么样的演员,不是一清二楚的事吗!”

*　　*　　*

“你对电视的这套看法、这套体系是从哪里来的？”

“有两个来源，第一是舞台工作给我的刺激，我是正式戏剧系毕业的，当然不能忘情舞台，我一直在导着张晓风的、李曼瑰的、姚一苇的和王祯和的戏（有机会，我很希望再导一个希腊悲剧）。许多年前，我导张晓风的《武陵人》，忽然，我开始想，‘什么是现代？’古典的东西是需要现代注释的，而电视应该是最现代的东西了。在电视里，现在人想要看现代东西。光做一个处理悲欢离合的情节的导演对我来说已经没有意义，这个对手太小，太没有挑战性，所以我要在我的戏里放进一点意念。我不要跟现代人脱节，不管古装时装，经过我的处理，我总要留下一点现代人的再思，譬如说我做《伐纣》，就把纣王处理成一个神经质的人；譬如说，《秋水长天》，我要让演员‘以不演戏为演戏’。我要让人觉得那些人是现代的人，是现代的、在我们周围生活着的人。

“第二个原因是个老外跟我聊出来的。那是五年半以前，我去香港，指导一个团体演晓风的《和氏璧》，有个老外跟我说：‘你们这边也搞京剧，他们那边也搞京剧。京剧是你们的好东西没错，但是究竟在两个不同的体下，所产生出来的戏剧和艺术是什么——我们想知道。’奇怪我去年夏天跟艺术团访美演出的时候，在亚特兰大碰到一位对中国、对莎士比亚都深有研究的布朗博士，他也跟我说同样的话。

“有人认为我的戏剧味很淡，是泥土的，是亲切有人情味的，像茶，可以慢慢品尝，看得出来是我的东西。一般来说，我不从情节入手，我有时想到乌坵，我要把乌坵的生活带到观众的生活里，故事和情节反而是次要的了，那里面有报导、有参与、有分享，它不仅仅是‘电视剧’！”

“如果，现在有一个戏剧系的毕业生，也跟你当年一样，不靠关系，不拍马屁，埋着头一直干，你认为他仍然有希望出头吗？”

“我相信他一定出得了头——但，也可能，他比我还要努力一倍，毕竟，我很幸运，爱护我的人太多了。不过，要在台湾这种地方出名，也真的很容易。”

“听说你在台视官拜副组长？”

“嘿，一个小官嘛，我其实不适合做行政，我哪里会做官，但我接受了，我想站在这个职位上，也许，可以提拔比我更年轻的人。”

* * *

去年夏天,六月酷暑,他在菲律宾替一些华侨导一个清唱剧《中华魂》。华侨社会中的保守很令他吃惊,他一方面说服主事人采用一些抽象艺术的表达方法,一方面又把台北艺术团手制的戏服搬借过去,免得他们去租用亮片闪闪的古装。他甚至还跟年轻一辈大盖了一顿:

"怎么搞的,你们这里的年轻人怎么这么萎缩呢?为什么只听说:'他的爸爸是某某人。'我告诉你们,在台湾,我们出头的都是年轻人,我们说:'他的儿子是某某人!'"

* * *

跟艺术团的表演队伍从法国坐船渡海到英国,他好奇地想从一面大玻璃里望风景,但玻璃脏了!他擦干净一小块,够自己看了,想想又觉不妥,干脆把整片大玻璃都擦了,让大家都看得到,同船的老外拍起手来喝采,他表演式地鞠了一躬说:"我是台湾来的!"

他其实想擦亮更大的一片玻璃,在荧光幕上,或在舞台上,好把更大的更清晰的风景给大家看——他觉得导演就是一个擦亮玻璃的人。

*　　*　　*

“你最近计划要干什么?”

“最近想为台视策划一个比较高水准的单元剧系列。”

“比较远的将来想干什么?”

“想干电影,我渐渐对表演有更多的心得了,电影不是投机事业,不容易沽名钓誉。而且它跟年龄也没有关系,所以,我不怕太晚投身,反正到时候我会做出点东西来。”

(听他那话令人有点担心,他这人一向的缺点是“摸”,“慢”,“你急他不急”,虽然到时候东西并没有延误,但不免令性急的合作者心脏衰弱,不知道他所谓的未来计划会令人等多久?)

“最近会搞电影吗?”

“会弄一个小的,是义务的,帮教会做的,题材很现成,是拍温梅桂,她是一个很特别的山胞传教士。

“不过,不管我干什么事,跟什么人合作,我一定会找个难缠的对手,”他兴冲冲地说,“平凡的对手,你赢了心里也不快乐。厉害的对手就不然，你就算输了都划得来，因为你已经获得了经验。我以前导晓风的戏，人家说难导，我不怕，因为这就譬如下象棋，对方很凶，一步棋下来好像要将了你的军，可是，你的好棋在这时候也就逼出来了，对不对？反正，从小到大，我这一点一直没改变，我将来不管干什么，都会这样做——找个比我更高大的对手，然后，打赢它！”

望着他头上那个不明显的小疤，你不由得要相信，他的确会找一个强大的对手，并且打它一场漂亮的硬仗。

蜗牛女孩

楔　子

“阿列核!”

小女孩回过头去,两只眼乌溜溜地转着,叫她的那群小孩看起来没有什么恶意。

“干什么?”她爽快地应了一声,声音气呼呼的——但她等于承认她是阿列核了。

在泰雅尔话里,阿列核是“疤”的意思,她的名字是温梅桂,可是,那太难叫了,大家宁可叫她阿列核,因为她脚踝上有一块疤。她不喜欢那个名字,不过——算了。

那次是母亲骑脚踏车,把她放在后座,她太小,脚被后轮夹入,弄掉了一块皮肉,倒霉的是,后来有一次被舅舅载在后座,同样的麻烦又重复了一次,脚后跟那块紫疤到现在还在。

“阿列核!”

等长大了,想到小时候的事,那亲切的绰号不觉又会回响起来——其实,生命不也是这样一场吗?你受过伤,受过痛苦,但那些会过去,伤痕会收缩成脚后跟的一个小小的疤,而你自己,却早已大步地走过很长很远的路了。

会认山路的小女孩

“小时候我住在很深很深的深山里……”

“那时候，”我说，“你整天看山，有什么感觉？”

“一点感觉都没有，”她笑起来，“只觉得，山反正就是一直都在那里的——我反而喜欢海！”

“在山里怎么会看到海？”

“那是长大一点以后，我们搬到花莲平地，我不知道为什么，非常非常爱海，心情不好的时候，我一个人对着海坐着，不管天晴天雨，我有空就在海边走来走去……

“我小时候在深山里，那时家里很穷，我也很小，还没有读书，我记得爸爸总是要走好远好远的路下山去卖东西，卖的是玉米、小米、地瓜，卖不了什么钱，地瓜有时候好像才卖两毛钱一斤吧！父亲下山的时候扛着大麻袋，我就坐在麻袋上，一路到平地去，父亲从小也是苦大的，祖母早死，父亲是由舅公舅婆养大的，舅婆对他很不好，他长大了，入赘母亲家，母亲家人口多，要养一大家人……

“有一次，正刮着台风，我偏偏生病，发高烧，父母背着我去求医生，医生看了我，说：‘再慢一点，只要再慢一分钟就没救了。’我的命是捡回来的。”

“我小时候很瘦小，我的父母认为我大概长不高了，没想到竟然长大了，我的父亲后来简直把我当男孩子看待，你看我的胳膊，你信不信？我能扛得动九十公斤呢！”

我点点头，竭力想象“九十公斤”——那是一个中型男人再加一个小孩的重量！门前广场上，一辆牛车停在星光下，透过纱窗望出去，依稀可以想见这个务农的泰雅尔家庭，以及这个力气奇大的农家女子。

“那时候，家里真是穷，不但有时候要跟人借钱，有时候甚至也要向人借粮食，因为连第二天要吃的都没有了，我读书以后，都没有鞋子穿（所以同学才看到脚后的疤），有时要去参加什么比赛，像合唱或运动比赛，都得去跟同学借衣服鞋子袜子！

“那时候，我的姨妈嫁了个外省人，住在玉里，姨妈带我到她家去玩。然后，第二次，我就敢带我的父母去找姨妈。父母问我：‘你真的认得路吗？’我说：‘我认得！’我还没上小学，但是我就真的带他们从玉里走了一个多小时的山路，那山路又陡又曲折，可是我居然一点不错地把他们带到了！”

以后，她也从来没有迷失，当她成长，在人生的路上。

“我恨偏见！”

“我开始读小学了，我们搬到平地来，可是，老师对我们山地学生有偏见，我们功课不见得比平地小孩差，却老是挨打。

“那时候，我们的排长是别班一位老师的孩子，她很坏，常常跟我们要东西，要铅笔，要橡皮，要橡皮筋，这些东西我自己都穷得买不起了。我用的橡皮你知道是怎么来的？是在扫地的时候扫出来的，是别人用剩不要的小块，我哪里能给她？可是没有东西给她，她就很凶，故意说我的功课这里写错了，那里写错了，还罚我们站，老师一到教室，又总是打那些罚站的。我们也不敢说，因为连“国语”也说不清。

“我有时跟排长求：

‘拜托你，排长，不要这样对我们……’

“可是，她不理我，照样作威作福欺负我们。

“我一点也不想读书，我失望得要命……

“我们山地小孩，刚到学校，连‘国语’都听不太懂，当然很吃亏，老师也不体谅我们，我那时有事常常想请教一个学姐，她也是山地人，她因为留级，所以‘国语’比我懂，没想到，她居然也伸手问我要东西……

“到收获的时候，老师跟我们要玉蜀黍……

“还有一个老师，他总是要我们去替他种田，我们下了课，还要替他种田，我们不敢不做，做到七点多，回家，吃了饭，再做自己家的事，功课就赶不来了，结果，第二天又要挨打，可是，那位老师却没有叫平地小孩替他做事……”

房间是粉红色的，有着饱涨的幸福的感觉，未婚夫的戎装照片从柜顶温和地俯视下来，一个清凉的夏夜，可是，她却在说着一段悲惨的往事。

“有一天——老师说那天‘红十字会’的钱非交不可了，再也不可以晚了——我不肯去学校，我躺在地上打滚，哭，跟爸妈要钱，爸妈实在没有钱，我打滚也滚不出钱来，没有钱我不要去，爸妈打我，要我一定要去学校，我滚在地下哭……我不要去学校……我没有钱，我不要去学校……

“可是，他们还是把我打到学校去了。回想起来，没有钱真可怕，你完全没有自尊……”

“那些痛苦，”我说，“在你成长以后，有没有让你体会些什么？”

“有的，第一，我恨偏见，我怕再看见像我小学老师的那种人，由于她的偏见，我们受了侮辱和皮肉的痛苦。

“第二，我也警惕自己不要不公平，你只要有一点偏，别人心里是知道的，而且做人不可以贪人的小便宜，在别人的痛苦上又加上些痛苦。”

“小时候的贫穷，”我继续问，“对你今天有什么影响？”

“那段经验，使我现在懂得关心贫穷的人。”

“我想做女军官”

“我喜欢学校，是从初中开始的，初中的老师对我们没有歧视。其实，从小学三年级开始，我就对体育很有兴趣，不管是垒球、赛跑、跳高、跳远，我都喜欢，全校都认识我，我的成绩也有八十几分——不过那全是假的，事实上是学校因为我们体育成绩好，送我们的分数。可是到了初中不一样，一年级，老师对我们的功课要求一点不马虎，其实，我喜欢这样，我开始爱读书了，二年级我被编入‘勇班’，勇班仅是体育好的同学，但课业要求并不放松，我也很认真，我在班上差不多可以考个四名五名，还考过个第二名呢。”

我回头看卧室外客厅里挂得密密叠叠的锦旗，其中除了“余音绕梁”、“鼓舞士气”之类的是音乐比赛得来的，另外还有不少是运动场上得来的。整面墙差不多都不见了（除了锦旗还有宗教画），看来熙熙攘攘热热闹闹,像山地人的性格。

“我还有很多这种东西,”看我在看,她不经心地补充一句,“太多了,没办法挂。

“我对音乐很有兴趣,有位老师问我要不要去读艺专,我怎么敢做这种梦,我的家境不但不能供给我读书,反而需要我快点毕业,好做事养家。母亲身体一直不好,我不忍心……

“我当时心里最羡慕的是做个女军官,可是,那也只是想想,初中毕业是没有资格去考政战学校的。我喜欢跟我一个好朋友聊‘将来’,她小学毕业的时候是第一名,她说她将来要做法官或者别的什么官,她后来真的考上了中兴法律,可是,才读到一年级,她就忽然结婚了,不读了。她结婚了,我伤心得大哭,因为知道她什么都做不出来了,她本来是那么棒的,女人,唉……

“那时候‘海军艺工队’到花莲来招考,我去考,考上了。我去军队里教他们唱军歌,也在台前台后唱歌,我有了薪水了,真是高兴,我不需要花什么钱,我把大部分的钱都寄回家了,两个妹妹和一个弟弟等着这笔钱作学费呢,我能养家了,我觉得又辛酸又骄傲……

“那是我第一次离家,我想家,想爸爸,想妈妈,晚上,我把被子蒙了头,一个人偷哭,可是我必须做下去,我需要这份薪水。

“在艺工队,我第一次吃那么好的伙食,每次吃完饭,看到剩菜,我就又会想家,我想,如果可以包了拿回家去吃多好啊,可是,剩菜是要喂猪的。当然把剩菜从左营拿到花莲去也是不可能的,但是,每顿饭,心里还是忍不住地想……

“我喜欢吃肉,很喜欢吃,打猎可以打到的肉像鹿肉、羊肉、飞鼠肉、山猪肉……我都爱吃,山地人大概都爱吃肉,我还爱吃酸的东西,从前山上种的李子,我一吃可以吃一大盆,吃得牙齿都酸倒了,还一直想吃。

“我还爱吃竹筒饭,还有香蕉糕,今天我是临时回家,平时我如果回家,由于这几年家境好了,妈妈总是会把香蕉糕做好,放在冰箱里面。”

唱歌会让女孩变坏?

“有人说,唱歌会让女孩变坏,我很怕,我不要变坏,我小时去过教会,现在,我又找到‘左营国语礼拜堂’,我要保持我自己不变坏。

“从教会回艺工队,路很远,有两次,我一个人走着走着,就碰上跟踪的。”

“你怕不怕?”事隔许多年,我听来还不免紧张。

“怕,我当然怕,听说那条路还出过命案呢。可是,怕也没用,我继续走，走到有宪兵站岗的地方，我就去告诉宪兵，但那人看我去找宪兵，就躲在树丛里，等我走远了，他又跟上来，我想，算了，干脆我自己来对付他好了，我转过身来，心里默默祷告，我大大方方地跟他说：'我知道，你已经跟了我好久了，你到底要干什么？我叫温梅桂，我在某某地方做事，我也是教会的人，你要是有困难，可以告诉我，我会尽量帮助你。'

“那人呆住了，他大概没想到我会这么做，他结结巴巴地说，不是不是，我只是好玩，说完就赶快走掉了。后来，我又碰到一个船员，我也同样很诚恳很正经地跟他讲话，他也道着歉走开了。”

夜深了，我在灯下看她，这女孩真是出奇地笃定，碰到这种事她居然也能把对方说得回了头，什么人都不能侮辱她，只因为她天生有一种不接受侮辱的性格，她也有一种真诚的说服力，难怪她后来做了传教士。

“你是蜗牛变的！”

“从童年到少年时期有好长一段日子，我一直很苦。

“在家里，我有一个姐姐、两个弟弟和两个妹妹，不知道为什么，我觉得做妈妈的总是爱大孩子，我老觉得姐姐比我得宠得多，他们也爱我弟弟，那也是理所当然的，我弟弟是男孩，他又能干又孝顺，做父母的当然爱他——可惜他前年车祸死了，我为他哭得不能停——总之，我是‘中间的’，我觉得别人都没注意我。

“‘妈妈，我是不是你生的？’有一次，我在焦虑和妒忌之余，这样问妈妈。

“‘不是，’妈妈说，‘有一天，我在芋头叶子底下（山地人一般多种食芋头），找到了一个最大的蜗牛，我把它捡回来，放了一天，它就变成小孩了，那就是你。’

“我那时大概五六岁，听过日本桃太郎的故事，妈妈这样说，我觉得很有道理，原来我不是她生的，怪不得她比较爱姐姐，我也不说什么，有时候，我也去捡几个蜗牛来，眼睛睁得大大地盯着它们看，想看看它会不会也变成人？

“再大一点，我又去问我的一个阿姨，阿姨笑起来，好像觉得我太笨似的，‘你当然是你妈妈生的啦，人都是妈妈生的！’我这才放了心——可是，我一直是个敏感的、想得多的、好胜心重的孩子。

“现实的压力又大，父母为了贫穷也常吵架，我觉得活着实在没什么意思。有时候，狂风暴雨，我独自在海边淋雨，心里觉得一种很痛苦的痛快。那时我会想，下去吧，死了吧，死了就什么苦都没有了，可是我又模模糊糊知道那是不对的，我当时其实不算真正的基督徒，但我知道我不可以去死，上帝不准，我一定得活着，虽然活着对敏感的我而言，是这么累的一件事。

“那年夏天，我参加了一个布道会，忽然，我整个人都改变了。以前，我听过许多‘教训’，懂得许多‘道理’，但直到那天晚上，我才开始有了‘经历’，讲道的人讲的话好像都是对我讲的，我第一次发现，我活着想到的总是自己，我在自己的小圈子里打转，我想名，我想利，如果得不到，我就痛苦，我因为太爱自己，所以反而把自己弄得那么苦，苦得几乎不想活。

“但那一天，我敞开我的心，我整个人都松下来，千斤重担全没有了，我变成了一个真正的基督徒。

“然后，我立刻有了第一个改变，我要孝顺我的父母，毕竟，人生在世，也就只有那么一个爸爸、一个妈妈，我以前其实也很为家里出力，我从小就帮忙家里挑水劈柴，人比水桶高不了多少，站起来摇来摇去，一路走一路洒，可是我还是把水挑回去了。我劈柴把手劈得起泡，旧泡消了，变成新泡，积成茧，可是，柴，总算被我劈完了。我也帮妈妈洗刷厨房，好让她高兴——可是，我做这些事与其说是孝顺，不如说是好强。但六年前这个夏天，我改变了，我开始可以自自然然地爱我的父母，我居然第一次摆脱贫穷的阴影，我感到非常充实、非常富裕，奇怪，我口袋里并没有多出一毛钱来，可是我满足了，我感到富裕。”

“我要去告诉别人”

这种饱涨的满足和快乐使我不安起来，我觉得我一定要去告诉别人，我于是作了一个决定：

“从现在起，我不要为自己而生活，我要重新去埔里受一点训练，我一直希望有机会再读一点书，现在果然又可以读书了。孩童时期，我曾经梦想做一个女军官，但现在，我觉得自己正准备做另一种军官，我很快乐，我等着要为上帝也为人做一点事情。”

“在传教士里，你是个怪胎……”我说。

“在学校里，我的信真多，那个学校很保守，他们不知道我搞什么鬼，其实我是因为喜欢跟人接触，朋友多，那时候跟我写信的多半是教过的小孩子。我的未婚夫那时候也跟我通信，他是职业军人，现在是上尉副连长，那时候他读陆军官校，我们通了很多的信，都是正正经经地讨论问题，我们的信，谁要看我都让他看，因为里面什么都没有——”

（哈，这也难怪，一个读军校，一个读圣经书院！）

“后来，”我好奇地打岔，“是怎么进入情况的？”

“那是去年，”她不好意思地笑了，“去年盲肠炎开刀——已经很严重，变成腹膜炎了——我去照顾他，才……”

“他真该感谢那场盲肠炎的！你们五月里订的婚吗？——什么时候结婚？”

“还没有空结婚——”

“忙些什么？”

“长老会安排我巡回，日程满得不得了——”

“你在这种巡回布道之前做什么？”

“我固定在我家附近的那间‘民有教会’当传教士——”

“可是，那是长老会的教会，而你又不是长老会神学院毕业的——”

“长老会起先有点犹疑，不过，民有教会的信徒都很喜欢我，我从小在那里长大的嘛！”

“谁给你生活费？是长老会总会还是信徒？”

“是信徒。这种小地方，信徒又都是农民，教会很穷，可能有人不喜欢去那里，可是，我喜欢那里——那是我自己的教会啊！

“从前，我帮着父亲种田，但做了传教士，很忙，不能再帮忙田里的事了，有些信徒就自动跑去帮我父母种田，我们的田地比以前更丰收了。”

她带我转到屋后的仓库，鼓胀的大麻袋一包叠一包地堆在那里，看着那种收成，让人心里也填得满满的，想说什么，却说不出来。

扯开一个麻袋，她大把抓起带壳的花生，塞到装洗衣粉的那种大袋子里。

“拿去吃，自己种的，你带回去吃吃看！不多，拿得动的！你都带回去！”

“小孩子从椅子中间掉下去啦！”

“我记得小时候，那教堂是木材造的，十几年前木材坏了，翻成现在的水泥的，但是椅子还是旧东西，用了二十年了，我回去一看，钉子都出来了，木板也坏了，坐下去会剐坏人的衣服。还有的木板整个断了，小孩子居然从椅子中间掉下去啦！

“在城市教会，这种几万块的修理费也许不算什么，可是，在我们那里，却太难了，换椅子、粉刷、修理，他们的收入我是知道的，他们哪有这么多钱呢！我自己，当然也没有这笔钱。我心里很急，整天问上帝，有没有什么办法？”

“后来，我就想到了台视的‘五度五关’——如果能赢的话，问题就可以解决了。”

“你的信徒怎么想?”

“他们很赞成,他们知道我是为什么去的——倒是我自己,有点顾忌。我去找张秀美的时候,她也有点为难,一个是传教士,一个是小学老师,两个人一起上电视,人家会怎么想呢?可是,我把那些椅子的情形慢慢地说给她听,我告诉她,我们如果赢了,自己一毛钱也不要拿,她很感动,也就同意了。后来,我每次上台北比赛的时候,信徒都会三百五百地拿出钱来给我去买飞机票。

“那时候,台视派人到花莲来作事前的选拔,去的人很多,我和秀美一个住新城一个住西林,两个人又都忙,没时间练,但好在我们以前曾经同在一个合唱团,有默契。那天,我们连吉他也没带,两个人一路走一路练,本来是五分钟的路,我们却走了十五分钟,这十五分钟就算是我们的练习时间了。到了地方,我们跟别人借了把吉他,抽了个七十七号,唱了支《赏月舞》,就这样开始,一直上去,都很顺利。”

“你看,后来,钱来了,房子刷了,凳子换了,”她兴奋地把小教堂的全貌指给我看,“也就这么奇妙,钱不多不少,刚好够用!

“想起来也真的很感动,到了后来,花莲无论认识的,不认识的都给我加油,最后一次,县长包了车,带着啦啦队,我的亲戚朋友也在里面,大家浩浩荡荡地上台北,我们的胜利变成全花莲父老共同关心的一件事了,连我走在街上,都会有小孩跟着叫:‘温梅桂!温梅桂!’”

“学唱歌?从来没有”

“你什么时候学唱歌的?跟什么人学的?”

“学唱歌?从来没有,就是这样想唱就唱了,山地人好像都爱唱歌,快乐的时候我唱,想哭的时候也唱。我也喜欢乐器,不管风琴、钢琴、吉他、鼓,我都喜欢乱摸,喇叭我也好喜欢,可惜——你看,我的牙齿长成这样(我这才注意到她有两只略暴的门牙,使她笑起来很可爱,像兔宝宝),不方便吹喇叭,当然。我最喜欢的还是人的声音,我还喜欢乱作曲,可是,奇怪,我作过的曲子都找不到了,不知给我塞到哪里去了。”

这女孩,有几分恰到好处的糊涂,她的祖母也是,她老人家到死都没有搅清楚自己几岁,有一说是九十七岁,有一说是七十五岁,不过,反正也活了一辈子了。

“你记忆里面的第一首歌是什么?”

“啊,那主日学教的歌,那时候大概四岁吧?那首歌叫做《我是好宝宝》。”她侧头想了一下歌词,想不顺:“不行,原来我们是一边唱,一边表演的,我现在还是得连唱带跳才记得清楚——你别笑,我跳给你看,真不好意思。”

我是好宝宝,
天天上主日学,
手脚很干净,
指甲剪得短,
坐得很端正,
嘴也不乱讲,
书也读得熟,
字也写得好。

我看着,忍不住笑起来,不是笑她,而是高兴,当年,不知道是哪个可爱的老师教的,现在那小女孩长大了,果真是个干净端正的好女孩。

“后来上幼稚园还有一首我记得特别清楚,我也唱给你听,很好玩哦!”

麻脸先生花下课,
蜜蜂看见以为窝,

飞来飞去飞不进，

原来是个麻哥哥。

“这是教我们种牛痘防天花的歌。”

她表演蜜蜂往脸上钻来钻去的样子使人也想站起来，一起参加表演。我忽然有点怀疑，她的教育，她的宗教，也许全是从唱歌唱出来的，她的半生就是一首首歌的串联。

“有一天，姐姐从保母学校回来（保母学校是专给山地人读的，读了以后一般可以做幼稚园的老师），用一种奇怪的发声法唱了一句‘普世欢腾’。奇怪，我竖着耳朵听，觉得真好听，我当时也不晓得那就是声乐家唱歌的办法，只觉得好听。可是，她只唱了那么一句就没有了（也许她只会那一句），我羡慕得不得了，也跟着学。‘不要唱！’姐姐笑我，‘你唱得好像鸡叫。’我听话地停下来，不唱，等她走开，我再偷唱。在学校合唱团里，我也留心老师怎么唱，可是我不好意思当老师面学，等放学了，回家的路上我一路走一路练，同学都说受不了我。”

“有没有什么声乐家给过你什么评语？”

“没有——哦，只有一次，在我初中的时候，去参加唱歌比赛，我连歌词都唱错了，居然还榜上有名，评审老师说我自然，有感情。

“我其实一直想去学,可是一直没有什么机会……”她说着,眼睛里闪过一种热切的神情。

每个人,都能找到一首歌

我走到院子里去,站在花莲子夜二时干净清爽的星光下,许许多多的故事争先恐后地浮到眼前来。

她没有学过声乐吗?也许是,但没有学过的只是意大利发声法,只是花腔女高音或抒情女高音的唱法。但,至于她学过的东西,却绝不是罗马音乐学院或茱丽亚音乐学院的淑女所能学到的。

在劈柴挑水中,在打稻舂米之际,在扛一袋九十公斤的番薯时,在木梭轻柔拉动时纺织女子轻哼的宽平柔韧的旋律里,在竹筒饭淡淡的清香,甚至在小学老师蛮不讲理的笞打下,在稚龄养家的痛苦和喜悦中,在太平洋畔任大雨把自己淋得透湿而浑然忘我时……那泰雅尔女孩认真地想过许多事,学过许多事。

然后,她长大了。

透过生命中种种的屈辱和伤痛,她带给我们的竟是甜净纯洁而又喜悦的歌声,谁说她没有学过唱歌?当然,同时学会的,除了歌,还有许多其他的东西。

“五度五关”已经走完，传教的仍回去传教，教书的仍回去教书，拒绝都市、拒绝繁华也是一种权利——虽然是大多数人想不通为什么要放弃的一种权利。

“外婆的妈妈说，我们是一些红头发的人坐船把我们带到这里来的。”

红头发的是不是荷兰人？启航的地方是不是菲律宾？是哪一年上的船？是哪一年下的岸？所有的泰雅尔人都是红头发的人带来的吗？或者只有他们这一支如此？已经没有人能回答，那问题留给人类学家去伤脑筋好了，要紧的是，大家都已经住在这块土地上，大家要如何找到自己该唱的一首歌？如何跟别人唱得和谐？如何去发觉可以献上自己一份力量的祭坛——

没有人是芋头叶下的蜗牛变的孩子，每一个“人”都是“人”，那女孩终于安心地知道，每个人都是妈妈生的，每个人都能把生命唱成一首不经什么人指导的纯朴动人的歌！

|同地篇|

常常，我想起那座山

一方纸镇

常常，我想起那座山。

它沉沉稳稳地驻在那块土地上，像一方纸镇。美丽凝重，并且深情地压住这张纸，使我们可以在这张纸上写属于我们的历史。

有时是在市声沸天、市尘弥地的台北街头，有时是在拥挤而又落寞的公共汽车站，有时是在异乡旅舍中凭窗而望，有时是在扼腕奋臂、抚胸欲狂的大痛之际，我总会想起那座山。

或者在眼中，或者在胸中，是中国人，就从心里想要一座山。

孔子需要一座泰山，让他发现天下之小。

李白需要一座敬亭山，让他在云飞鸟尽之际有“相看两不厌”的对象。

辛稼轩需要一座妩媚的青山，让他感到自己跟山相像的“情与貌”。

是中国人，就有权利向上帝要一座山。

我要的那一座山叫拉拉山。

山跟山都拉起手来了

“拉拉是泰雅尔话吗？”我问胡，那个泰雅尔司机。

“是的。”

“拉拉是什么意思？”

“我也不知道，”他抓了一阵头，忽然又高兴地说：“哦，大概是因为这里也是山，那里也是山，山跟山都拉起手来了，所以就叫拉拉山啦！”

他怎么会想起来用“国语”的字来解释泰雅尔的发音的？但我不得不喜欢这种诗人式的解释，一点也不假，他话刚说完，我抬头一望，只见活鲜鲜的青色一刷刷地刷到人眼里来，山头跟山头正手拉着手，围成一个美丽的圈子。

风景是有性格的

十一月，天气一径地晴着，薄凉，但一径地晴着。天气太好的时候我总是不安，看好风好日这样日复一日地好下去，我说不上来地焦急。

我决心要到山里去一趟，一个人。

说得更清楚些，一个人，一个成年的女人，活得很兴头的一个女人，既不逃避什么，也不为了出来“散心”——恐怕反而是出来“收心”，收她散在四方的心。

一个人，带一块面包，几只黄橙，去朝山谒水。

有的风景的存在几乎是专为了吓人，如大峡谷，它让你猝然发觉自己渺如微尘的身世。

有些风景又令人惆怅，如小桥流水（也许还加上一株垂柳，以及模糊的鸡犬声），它让你发觉，本来该走得进去的世界，却不知为什么竟走不进去。

有些风景极安全，它不猛触你，它不骚扰你，像罗马街头的喷泉，它只是风景，它只供你拍照。

但我要的是一处让我怦然惊动的风景，像宝玉初见黛玉，不见眉眼，不见肌肤，只神情恍惚地说：

“这个妹妹，我曾见过的。”

他又解释道：“虽没见过，却看着面善，心里倒像是远别重逢的一般。”

我要的是一个似曾相识的山水——不管是在王维的诗里初识的，在柳宗元的《永州八记》里遇到过的，在石涛的水墨里咀嚼而成了瘾的，或在魂里梦里点点滴滴一石一木蕴积而有了情的。

我要的一种风景是我可以看它也可以被它看的那种。我要一片“此山即我，我即此山，此水如我，我如此水”的熟悉世界。

有没有一种山水是可以与我辗转互相注释的？有没有一种山水是可以与我互相印证的？

包装纸

像歌剧的序曲，车行一路都是山，小规模的，你感到一段隐约的主旋律就要出现了。

忽然，摩托车经过，有人在后座载满了野芋叶子，一张密叠着一张，横的叠了五尺，高的约四尺，远看是巍巍然一块大绿玉。想起余光中的诗——

那就折一张阔些的荷叶

包一片月光回去

回去夹在唐诗里

扁扁的，像压过的相思

台湾荷叶不多，但满山都是阔大的野芋叶，心形，绿得叫人喘不过气来，真是一种奇怪的叶子。曾经，我们的市场上芭蕉叶可以包一方豆腐，野芋叶可以包一片猪肉——那种包装纸真豪华。

一路上居然陆续看见许多载运野芋叶子的摩托车，明天市场上会出现多少美丽的包装纸啊！

肃　然

山色愈来愈矜持，秋色愈来愈透明，我开始正襟危坐，如果米颠为一块石头而免冠下拜，那么，我该如何面对叠石万千的山呢？

车子往上升，太阳往下掉，金碧的夕晖在大片山坡上徘徊顾却，不知该留下来依属山，还是追上去殉落日。

和黄昏一起，我到了复兴。

它在那里绿着

小径的尽头，在芦苇的缺口处，可以俯看大汉溪。

溪极绿。

暮色渐渐深了，奇怪的是溪水的绿色顽强地裂开暮色，坚持地维护着自己的色调。

天全黑了，我惊讶地发现那道绿，仍旧虎虎有力地在流，在黑暗里我闭了眼都能看得见。

或见或不见，我知道它在那里绿着。

赏梅，于梅花未着时

庭中有梅，大约一百株。

“花期还有三四十天。”山庄里的人这样告诉我，虽然已是已凉未寒的天气。

梅叶已凋尽，梅花尚未剪裁，我只能伫立细赏梅树清奇磊落的骨格。

梅骨是极深的土褐色，和岩石同色。更像岩石的是，梅骨上也布满苍苔的斑点，它甚至有岩石的粗糙风霜、岩石的裂痕、岩石的苍老嶙峋。梅的枝枝柯柯交抱成一把，竟是抽成线状的岩石。

不可想象的是，这样寂然不动的岩石里，怎能迸出花来呢？

如何那枯瘠的皴枝中竟锁有那样多莹光四射的花瓣？以及那么多日后绿得透明的小叶子，它们此刻都在哪里？为什么独有怀孕的花树如此清癯苍古？那万千花胎怎会藏得如此秘密？

我几乎想剖开枝子掘开地，看看那来日要在月下浮动的暗香在哪里？看看来日可以欺霜傲雪的洁白在哪里？它们必然正在斋戒沐浴，等候神圣的召唤，在某一个北风凄紧的夜里，它们会忽然一起白给天下看。

隔着千里，王维能回首看见故乡绮窗下记忆中的那株寒梅。隔着三四十天的花期，我在枯皴的树臂中预见想象中的璀璨。

于无声处听惊雷，于无色处见繁花，原来并不是不可以的！

神秘经验

深夜醒来我独自走到庭中。

四下是彻底的黑，衬得满天星子水清清的。

好久没有领略黑色的美了。想起托尔斯泰笔下的《安娜·卡列尼娜》，在舞会里，别的女孩以为她要穿紫罗兰色的衣服，但她竟穿了一件墨黑的，项间一圈晶莹剔亮的钻石，风华绝代。

文明把黑夜弄脏了，黑色是一种极娇贵的颜色，比白色更沾不得异物。

黑夜里，繁星下，大树兀然矗立，看起来比白天更高大。

日本时代留下的那所老屋，一片瓦叠一片瓦，说不尽的沧桑。

忽然，我感到自己被桂香包围了。

一定有一棵桂树，我看不见，可是，当然，它是在那里的。桂树是一种在白天都不容易看见的树，何况在黑如松烟的夜里。如果一定要找，用鼻子应该也找得到。但，何必呢？找到桂树并不重要，能站在桂花浓馥古典的香味里，听那气息在噫吐什么，才是重要的。

我在庭园里绕了几圈，又毫无错误地回到桂花的疆界里，直到我的整个肺纳甜馥起来。

有如一个信徒和神明之间的神秘经验，那夜的桂花对我而言，也是一场神秘经验。有一种花，你没有看见，却笃信它存在。有一种声音，你没有听见，却自知你了解。

当我去即山

我去即山，搭第一班早车。车只到巴陵（好个令人心惊的地名），要去拉拉山——神木的居所——还要走四个小时。

《可兰经》里说："山不来即穆罕默德——穆罕默德就去即山。"

可是，当我前去即山，当班车像一只无桨无楫的舟一路荡过绿波碧涛，我一方面感到作为一个人或一头动物的喜悦，可以去攀援绝峰，可以去横渡大漠，可以去莺飞草长或穷山恶水的任何地方，但一方面也惊骇地发现，山，也来即我了。

我去即山，越过的是空间，平的空间，以及直的空间。

但山来即我，越过的是时间，从太初，它缓慢地走来，一场十万年或百万年的约会。

当我去即山，山早已来即我，我们终于相遇。

张爱玲谈到爱情，这样说：

> 于千万人之中遇见你所遇见的人，于千万年之中，时间的无涯的荒野里，没有早一步，也没有晚一步，刚巧赶上了，也没有别的话可说，唯有轻轻的问一声："噢，你也在这里吗？"

人类和山的恋爱也是如此，相遇在无限的时间，交会于无限的空间，一个小小的恋情缔结在那交叉点上，又如一个小小鸟巢，偶筑在纵横交错的枝柯间。

地　名

地名、人名、书名，和一切文人雅居虽铭刻于金石，事实上却根本不存在的楼斋亭阁都令我愕然久之。（那些图章上的地名，既不能说它是真的，也不能说它是假的，只能说，它构思在方寸之间的心中，营筑在分寸之内的玉石。）

中国人的命名恒是如此慎重庄严。

通往巴陵的路上，无边的烟缭雾绕中猛然跳出一个路牌让我惊讶，那名字是：

雪雾闹

我站起来，不相信似的张望了又张望，车上有人在睡，有人在发呆，没有人理会那名字，只有我暗自吃惊。唉，住在山里的人是已经养成对美的抵抗力了，像韦应物的诗“司空见惯浑闲事，断尽苏州刺史肠”。而我亦是脆弱的，一点点美，已经让我承受不起了，何况这种意外蹦出来的、突发的美好。何竟在山叠山、水错水的高绝之处，有一个这样的名字。是一句沉实紧密的诗啊，那名字。

名字如果好得很正常，倒也罢了，例如“云霞坪”，已经好得很够分量了，但“雪雾闹”好得过分，让我张皇失措，几乎失态。

红杏枝头春意闹，但那种闹只是闺中乖女孩偶然的冶艳。而雪雾纠缠，那里面就有了天玄地黄的大气魄，是乾坤的判然分明的对立,也是乾坤的混然一体的含同。

像把一句密加圈点的诗句留在诗册里,我把那名字留在山颠水涯,继续前行。

谢谢阿姨

车过高义,许多背着书包的小孩下了车。“高义国小”在那上面。

在台湾,无论走到多高的山上,你总会看见一所小学,灰水泥的墙,红字,有一种简单的不喧不嚣的美。

小孩下车时,也不知是不是校长吩咐的,每一个都毕恭毕敬地对司机和车掌大声地说:

“谢谢阿姨!”“谢谢伯伯!”

在这种车上服务真幸福。

愿那些小孩永远不知道付了钱就叫“顾客”,愿他们永远不知道“顾客永远是对的”的片面道德。

是清早的第一班车,是晨雾未晞的通往教室的小径,是刚刚开始背书包的孩子,一声“谢谢”,太阳霭然地升起来。

山水的巨帙

峰回路转，时而是左眼读水，右眼阅山，时而是左眼披览一页页的山，时而是右眼圈点一行行的水——山水的巨帙是如此观之不尽。

作为高山路线上的一个车掌必然很怡悦吧？早晨，看东山的影子如何去复罩西山，黄昏的收班车则看回过头来的影子从西山复罩东山。山径只是无限的整体大片上的一条细线，车子则是千回百折的线上的一个小点。但其间亦自是一段小小的人生，也充满大千世界的种种观照。

不管车往哪里走，奇怪的是梯田的阶层总能跟上来，中国人真是不可思议，他们硬是把峰壑当平地来耕作。

我想送梯田一个名字——“层层香”，说得更清楚点，是层层稻香，层层汗水的芬芳。

巴陵是公路局车站的终点。

像一切的大巴士的山线终站，那其间有着说不出来的小小繁华和小小的寂寞——一间客栈，一间“救国团”的山庄，一家兼卖肉丝面和猪头肉的票亭，几家山产店，几家人家，一片有意无意的小花圃，车来时，扬起一阵沙尘，然后沉寂。

公车的终点站是出租车起点,要往巴陵还有三小时的脚程。我订了一辆车,司机是胡先生,泰雅尔人,有问必答,车子如果不遇山崩,可以走到比巴陵更深的深山。

山里出租车其实是不计程的,连计程表也省得装了,开山路,车子耗损大,通常是一个人或好些人合包一辆车。价钱当然比出租贵,但坐车当然比坐滑竿坐轿子人道多了,我喜欢看见别人和我平起平坐。

我坐在前座,和驾驶一起,文明社会的礼节到这里是不必讲求了,我选择前座是因为它既便于谈话,又便于看山看水。

车虽是我一人包的,但一路上他老是停下来载人,一会儿是从小路上冲来的小孩——那是他家老五,一会儿又搭乘一位做活的女工,有时他又热心地大叫:

"喂,我来帮你带菜!"

许多人上车又下车,许多东西搬上又搬下,看他连问都不问我一声就理直气壮地载人载货,我觉得很高兴。

"这是我家!"他说着,跳下车,大声跟他太太说话。

天!漂亮的西式平房。

他告诉我那里是他正在兴盖的旅舍,他告诉我他们的土地值三万一坪[1],他告诉我山坡上哪一片是水蜜桃,哪一片是苹果……

“要是你四月来,苹果花开,哼!……”

这人说话老是让我想起现代诗。

“我们山地人不喝开水的——山里的水拿起来就喝!”

“呶,这种草叫‘嗯桑’,我们从前吃了生肉要是肚子痛就吃它。”

“停车,停车。”这一次是我自己叫停的,我仔细端详了那种草,锯齿边的尖叶,满山遍野都是,从一尺到一人高,顶端开着隐藏的小黄花,闻起来极清香。

我摘了一把,并且撕一片像中指大小的叶子开始咀嚼,老天!真苦得要死,但我狠下心至少也得吃下那一片,我总共花了三个半小时,才吃完那一片叶子。

“那是芙蓉花吗?”

我种过一种芙蓉花,初绽时是白的,开着开着就变成了粉的,最后变成凄艳的红。

我觉得路旁那些应该是野生的山芙蓉。

“山里花那么多,谁晓得?”

车子在凹凹凸凸的路上,往前蹦着。我不讨厌这种路——因为

---

① 台湾省常用的建筑面积单位,原为日本面积单位,1 坪约合 3.3057 平方米。

太讨厌被平直光滑的大道把你一路输送到风景站的无聊。

当年孔丘乘车，遇人就“凭车而轼”，我一路行去，也无限欢欣地向所有的花，所有的蝶，所有的鸟以及不知名的蔓生在地上的浆果而行“车上致敬礼”。

“到这里为止，车子开不过去了，”司机说，“下午我来接你。”

山水的圣谕

我终于独自一人了。

独自一人来面领山水的圣谕。

一片大地能昂起几座山？一座山能涌出多少树？一棵树里能秘藏多少鸟？一声鸟鸣能婉转倾泄多少天机？

鸟声真是一种奇怪的音乐——鸟愈叫，山愈幽深寂静。

流云匆匆从树隙穿过——云是山的使者吧——我竟是闲于闲云的一个。

“喂！”我坐在树下，叫住云，学当年孔子，叫趋庭而过的鲤，并且愉快地问它，“你学了诗没有？”

并不渴，在十一月山间的新凉中，但每看到山泉我仍然忍不住停下来喝一口。雨后初晴的早晨，山中轰轰然全是水声，插手入寒泉，只觉自己也是一片冰心在玉壶。而人世在哪里？当我一插手之际，红尘中几人生了？几人死了？几人灰情灭欲大彻大悟了？

剪水为衣，抟山为钵，山水的衣钵可授之何人？叩山为钟鸣，抚水成琴弦，山水的清音谁是知者？山是千绕百折的璇玑图，水是逆流而读或顺流而读都美丽的回文诗，山水的诗情谁来管？

视脚下的深涧，浪花翻涌，一直，我以为浪是水的一种偶然，一种偶然搅起的激情。但行到此处，我忽竟发现不然，应该说水是浪的一种偶然，平流的水是浪花偶尔憩息时的宁静。

同样是岛，同样有山，不知为什么，香港的山里就没有这份云来雾往、朝烟夕岚以及千层山万重水的故国韵味。香港没有极高的山，极巨的神木。香港的景也不能说不好，只是一览无遗，坦然得令人不习惯。

对一个中国人而言，烟岚是山的呼吸，而拉拉山，此刻正在徐舒地深呼吸。

在

小的时候老师点名，我们一一举手说：

“在！”

当我来到拉拉山,山在。

当我访水,水在。

还有,万物皆在,还有,岁月也在。

转过一个弯,神木便在那里,在海拔一千八百公尺的地方,在拉拉山与塔曼山之间,以它五十四公尺的身高,面对不满五尺四寸的我。

他在,我在,我们彼此对望着。

想起刚才在路上我曾问司机:

“都说神木是一个教授发现的,他没有发现以前你们知道不知道?”

“哈,我们早就知道啦,从做小孩子就知道,大家都知道的嘛!它早就在那里了!”

被发现,或不被发现,被命名,或不被命名,被一个泰雅尔族的山地小孩知道,或被森林系的教授知道,它反正在那里。

心情又激动又平静,激动,因为它超乎想象的巨大庄严;平静,是因为觉得它理该如此,它理该如此妥贴地拔地擎天。它理该如此是一座倒生的翡翠矿,需要用仰角去挖掘。

路旁钉着几张原木椅子,长满了藓苔,野蕨从木板裂开的瘢目间冒生出来,是谁坐在这张椅子上把它坐出一片苔痕?是那叫做“时间”的过客吗？

再往前，是更高的一株神木叫“复兴二号”。

再走，仍有神木，再走，还有。这里是神木家族的聚居之处。

十一点了，秋山在此刻竟也是阳光炙人的，我躺在复兴二号下面，想起唐人的传奇，虬髯客不带一丝邪念卧看红拂女梳垂地的长发，那景象真华丽。我此刻也卧看大树在风中梳着那满头青丝，所不同的是，我也有华发绿鬓，跟巨木相向苍翠。

人行到“复兴一号”下面，忽然有些悲怆，这是胸腔最阔大的一棵，直立在空无凭依的小山坡上，似乎被雷殛过，有些地方劈剖开来，老干枯败苍古，分叉部分却活着。

怎么会有一棵树同时包括死之深沉和生之愉悦！

那树多像中国！

中国？我是到山里来看神木的，还是来看中国的？

坐在树根上，惊看枕月衾云的众枝柯，忽然，一滴水，棒喝似的打到头上。那枝柯间也有汉武帝所喜欢的承露盘吗？

真的，我问我自己，为什么要来看神木呢？对生计而言，神木当然不及番石榴树，而番石榴，又不及稻子麦子。

我们要稻子，要麦子，要番石榴，可是，令我们惊讶的是我们的确也想要一棵或很多棵神木。

我们要一个形象来把我们自己画给自己看，我们需要一则神话来把我们自己说给自己听：千年不移的真挚深情，阅尽风霜的泰然庄矜，接受一个伤痕便另拓一片苍翠的无限生机，人不知而不愠的怡然自足。

树在。山在。大地在。岁月在。我在。你还要怎样更好的世界？

适　者

听惯了“物竞天择，适者生存”使人不觉被绷紧了，仿佛自己正介于适者与不适者之间，又好像适于生存者的名单即将宣布了，我们连自己生存下去的权利都开始怀疑起来了。

但在山中，每一种生物都尊严地活着，巨大悠久如神木，神奇尊贵如灵芝，微小如阴暗岩石上恰似芝麻点大的菌子，美如凤尾蝶，丑如小蜥蜴，古怪如金狗毛，卑弱如匍伏结根的蔓草，以及种种不知名的万类万品，生命是如此仁慈公平。

甚至连没有生命的，也和谐地存在着，土有土的高贵，石有石的尊严，倒地而死无人凭吊的树尸也纵容菌子、蕨草。薜苔和木耳爬得它一身，你不由觉得那树尸竟也是另一种大地，它因容纳异己而在那些小东西身上又青青翠翠地再活了起来。

生命是有充分的余裕的。

在山中,每一种存在的都是适者。

忽然,我听到人声,胡先生来接我了。

“就在那上面,”他指着头上的岩突叫着,“我爸爸打过三只熊!”

我有点生气,怎么不早讲?他大概怕吓着我,其实,我如果事先知道自己走的是一条大黑熊出没的路,一定要兴奋十倍。可惜了!

“熊肉好不好吃?”

“不好吃,太肥了。”他顺手摘了一把野草,又顺手扔了,他对逝去的岁月并不留恋,他真正挂心的是他的车,他的孩子,他计划中的旅馆。

山风跟我说了一天,野水跟我聊了一天,我累了。回来的公路局车上安分地凭窗俯看极深极深的山涧,心里盘算着要到何方借一支长瓢,也许长如勺子星座的长瓢,并且舀起一瓢清清冽冽的泉水。

有人在山跟山之间扯起吊索吊竹子,我有点喜欢做那竹子。

回到复兴,复兴在四山之间,四山在金云的合抱中。

水　程

清晨,我沿复兴山庄旁边的小路往吊桥走去。

吊桥悬在两山之间，不着天，不巴地，不连水——吊桥真美。走吊桥时我简直有一种走索人的快乐，山色在眼，风声在耳，而一身系命于天地间游丝一般铁索间。

多么好！

我下了吊桥，走向渡头，舟子未来，一个农妇在田间浇豌豆，豌豆花是淡紫的，很细致美丽。

打谷机的声音不知从何处传来，我感动着，那是一种现代的舂米之歌。

我要等一条船沿水路带我经阿姆坪到石门，我坐在石头上等着。

乌鸦在山岩上直嘎嘎的叫着，记得有一年在香港碰到王星磊导演的助手，他没头没脑地问我：

“台湾有没有乌鸦？”

他们后来到印度去弄了乌鸦。

我没有想到在山里竟有那么多乌鸦，乌鸦的声音平直低哑，丝毫不婉转流利，它只会简单直接地叫一声：

“嘎——”

但细细品味，倒也有一番直抒胸臆的悲痛，好像要说的太多，怆惶到极点反而只剩一声长噫了！

乌鸦的羽翅纯黑硕大，华贵耀眼。

船来了,但乘客只我一人,船夫定定地坐在船头等人。

我坐在船尾,负责邀和风,邀丽日,邀偶过的一片云影,以及夹岸的绿烟。

没有别人来,那船夫仍坐着。两个小时过去了。

我觉得我邀到的客人已够多了,满船都是,就付足了大伙儿的船资,促他开船。他终于答应了。

山从四面叠过来,一重一重地,简直是绿色的花瓣——不是单瓣的那一种,而是重瓣的那一种——人行水中,忽然就有了花蕊的感觉,那种柔和的、生长着的花蕊,你感到自己的尊严和芬芳,你竟觉得自己就是张横渠所说的可以“为天地立心”的那个人。

不是天地需要我们去为之立心,而是由于天地的仁慈,他俯身将我们抱起,而且刚刚好放在心坎的那个位置上。山水是花,天地是更大的花,我们遂挺然成花蕊。

回首群山,好一块沉实的纸镇,我们会珍惜的,我们会在这纸张上写下属于我们的历史。

后　记

一、常常,我仍想起那座山。

二、冬天，我再去复兴山庄，狠狠地看了一天的梅花。

三、夏天，在一次去台旅行之前，我又去了一次拉拉山，吃了些水蜜桃，以及山壁上倾下来的不花钱的红草莓。夏天比秋天好的是绿苔下长满十字形的小紫花，但夏天游人多些，算来秋天比夏天多了整整一座空山。

益民寮的故事

奇怪的灯

门前的大道很长，两边竖着极矮极矮的路灯，只有一尺多高，外形像一栋四方形的有顶的小屋子，有点日本神社的味道，三面微光，靠田的那一面密密实实的毫不透亮。

“你知道我们的路灯为什么这么矮吗？”

“不是一种特殊风味的设计吗？”我说。

“就是我设计的啊！”他笑了起来，一面提起盖子给我看，“不过跟美不美没关系，我们只要求灯光不能漏出来，灯一高，光线就四处照，我们对植物的日照试验就没办法测得准了。”

“你们这里连个路灯都有这么大的讲究吗？”

“嗯，不单在我们范围里的我们要管，就连公路上的灯，我也要管。当然，我不能禁止公路上设高架水银灯——可是，你看，那一边，就是会照到我们试验所的那一盏，已经被我们做了手脚了！”

我跑过去一看，吓，果真，那盏灯被加了一个直筒形的铁灯罩，全省的公路上大概就这么一支别无分号的怪路灯了，我忍不住想笑，却又觉得严肃，有些人照顾植物是比呵护婴儿还细心还温柔的。

不说话的

那个地方叫益民寮。

那个单位叫“亚洲蔬菜研究发展中心”，简称“亚蔬”。

“我从前怎么从来就没有听说过这个名字？”我问。

“我们是个全球性的机构，大半的资料都是英文的，中文的宣传资料就很少了。”

“也该让中国人知道知道呀！”

“农业这种事，”他转过头来，满头花白的头发，“试验个十年八年没结果是很平常的，你怎么敢事先乱说大话？就算运气好，再快，你把这个品种交配来交配去，也要三五年才能搞出个名堂来吧？——你怎么可能去做宣传？”

“可是你们从一九六三年开始筹备，到一九七〇年成立，一九七二年盖好了这些房子开始做事，从一九七二年九月你们开始播下第一块试验田，算来已经做了八年的事了，也可以说说了吧！”

“好吧，热带番茄你听说过吧？”

“听过——邮票上有——那就是你们种出来的吗？”

“是啊！”

“奇怪，热带番茄我倒是知道，”我说，“可是为什么一点都不知道跟你们有关系?”

“你知道热带番茄就好了,知不知道‘亚蔬’无所谓。”

真的,工业是说话的,农业是不说话的,谁知道玉蜀黍是谁发明的?谁晓得大米小麦是谁开始种的?农业是一种不说话的事业。

教他们钓鱼

二次世界大战后,亚洲这些人民一度吃得很苦,他们是营养不良或接近营养不良的人。亚洲人平均每天只消耗六六个卡路里的蔬菜,日本人八三,美国人却能吃到二一〇。

“与其给他们鱼吃,不如教他们钓鱼。”

“亚蔬”没有教人钓鱼,他们教人们“钓菜”。

可不可以缩短种植时期?

能不能增加同面积土地的产量?

如何减少病害?

怎样减少虫害?

怎样对付潮湿和高温?(跟一般人了解的相反,热带不一定植物茂盛,许多菜在热带长不好。)

亚洲有最辛勤最本分的人民,但是他们需要一流的专家来为他们提供优良的种子,在自由世界里,劳心者默默地为劳力者做更艰辛更基础的工作。

另一种甜蜜

这样的构想谁都同意,但是,钱呢?谁来出研究费?初步协商是:

美　国	40%
中国台湾	20%
日　本	10%
菲律宾	10%
韩　国	10%
泰　国	10%

中国台湾负责提供地点,以及大部分的研究员。整个计划由农复会极富经验的技正陆之琳先生负责。多年来他曾经很成功地促成了台湾地区芦笋、凤梨和果树的计划。他担任了副主任的职务,由于“亚蔬”是全球性组织,主任总是外方,主任走马灯似的换了六任,副

主任却操劳至今。

他们看中了台南善化的一块地方，叫移民寮，名字是日本人取的，当时日本人移了一批人在这块土地上种植甘蔗，所以叫移民寮。光复后这块土地就顺理成章地一直属于糖厂，并且也一直种着甘蔗。

交涉的结果意外的顺利，台糖方面的公文一面呈报，甘蔗居然已经一面砍掉了。（那么甜蜜的甘蔗！）但是，台糖方面是了解的，为整个台湾、整个亚洲以及亚洲以外的农民计，这块土地此后将作更好的利用，这块土地将负责种植另一种甜蜜。不到一年，一百一十六公顷的试验所竟完成了，外方不免惊讶台湾办事效率之高。

陆技正把移民寮改名为益民寮。

农人为喂饱全人类而服务，“亚蔬”为农人而服务。

六个孩子

“亚蔬”选了六种孩子：大豆、绿豆、番茄、结球白菜、番薯和洋芋。

“六个已经是太多了，”陆先生说，“一般试验所只管研究一样水稻、一样茶叶或者一样甘蔗，我们一口气选了六样，不简单。”

“为什么选这六样呢？我们中国人一想起青菜就会想到有绿色叶子的那种，豆子番薯好像并不太像蔬菜似的。”

“好，我们先说大豆吧！——你相不相信，一九〇〇年之前美国根本没有大豆，美国的大豆从哪里来的？是从东三省去的，去了以后种于美国的伊利诺。当初种大豆倒不是给人吃，主要是喂牛，当饲料，其次，是利用它为土地增加氮素，算是一种绿肥。

“一九四〇年期间，美国人拿大豆做工业用，大豆能做喷漆，也能做尼龙衣服，美国人开始大量生产大豆了。

“可是二次大战之后，全世界的人都开始买大豆，战后每个国家都急着让他们的人民吃肉，可是要吃肉就得有豆类饲料给牛给猪吃。当然，大家同时又发现大豆也是可以给人吃的。

“我们中国人早就吃大豆了，嫩的时期它是毛豆，老了，就是黄豆。黄豆是豆浆、豆花、豆腐、豆干、豆皮、豆豉……的原料，对中国人而言，它是素肉。

“在一九七〇年，美国对外的输出品里，大豆远比电脑和喷射机占的比例还高，毕竟需要电脑和喷射机的国家不及需要大豆的多。

“在一九七〇年之前——同样令人不敢相信——巴西，那么广大肥沃的土地上，居然没有种过大豆。可是，现在呢？他们成了仅次于美国的第二位大豆输出国了。

“大豆价格真是贵啊，小麦一吨一百二十五元，大豆却要两百五十元，还有一度涨到四百元。如果光是贵倒也罢了，有一度美国禁运,许多地方一下子连猪都饿死,油都没得出……”

“美国为什么禁运?”

“那件事说来好笑,一九七六,那一年美国的黄豆被俄国人用了一点诡计整个掉走了。俄国人透过经纪人在爱荷华买,在圣路易斯买,在纽约买……等美国人一打点,才发觉黄豆库几乎全空了。再一调查,主顾竟都是俄国人,俄国人买进的价钱是一百多一吨,但是,等美国紧急禁运的时候,他们居然卖意大利两百多一吨了。

“后来,在一次农业会议上有人问俄国代表:‘你们还要继续买吗?’

“俄国的回答是:‘不可能不买!’

“我们目前需要六十万吨,我们自己只能生产六万吨,这种自给率太低了,可是有些人却比较短视,前些年大豆八元一公斤,日本人却给红豆二十元一公斤。其实,这是因为他们自己一时欠收的关系,等日本人一声‘不要’,我们就掉价了。我希望我们种真正需要的东西,大豆的需求量是只会加不会少的,照我们的理想去做,我希望等我们需要八十万吨的时候,我们能自产四十万吨。不过,不管我们生产多少,我们还是要进口,因为我们的黄豆太好,作饲料太可惜,我们跟美国不同,我们是把它当精细作物种的。同样一公斤的大豆,台湾种的就能多做出些豆腐来,日本人和中国人都喜欢这种豆子。

“大豆是得好好研究的，台湾从前一公顷可以种八百公斤，现在由于改良品种，可以种到一千六百到一千七百公斤。大豆还有个好处，它只要开花以后稍灌一点水，比水稻省水多了。你信不信，我们已收集一万种大豆的品种，我们自信还可以研究出更好的成果来。

“还有绿豆，我们吃绿豆汤、绿豆糕、绿豆芽——那真是最干净的蔬菜——粉丝……但是，目前台湾的绿豆居然百分之九十九是从印度、伊拉克、泰国、菲律宾进口来的。奇怪的是全世界都没有人研究这个东西，我们就来研究它。像印度，从前一公顷只能出五六百公斤，现在却能出一千五百公斤了。

“说来也好笑，许多年来，我们不但研究农业，也多少了解了一些人性，所以我们研究的成果就干脆不命名，而很大方地寄赠给海外的农业研究机构。一般来说，各研究机构不免都好名。谁也不肯承认用的是我们培育出来的种子。他总要再配一下，交一下，然后算他们自己的研究成果——这也无所谓，反正农民是受益了。像哥斯达黎加还算好的，他们接受了我们的绿豆，然后取个名字叫 A、S、V、E、G78——其实，这是“亚蔬”的电报代号。算了，总算他们还不忘本，奇怪他们就是不肯痛痛快快地说出“亚蔬”来——相较之下，人类是比植物复杂多了。

“说到番茄和结球白菜那又是另一套学问了，喜欢吃番茄白菜的人大概注意到冬天番茄白菜又好又便宜,夏天的却又少又贵。(在台湾,这些作物靠高山种植。)我们的着眼点在弄出点夏季蔬菜来,番茄这种东西,在它的花粉期,如果晚间温度一超过二十三度,它的花粉管就完了。所以全世界的人夏天都没有番茄吃,但我们配出了耐高温的品种,我们也终于交配出可以抵抗青枯病(一种细菌性的萎凋病)和抵抗晚疫病的品种,我们终于有了热带番茄。在台湾,热带番茄也许并没有带来特殊的震动,但在狮子山国,他们便表示,这是他们整个雨季里唯一的蔬菜,巴西也夸称这种品种使他们多收六点六三倍。

"结球白菜也迅速地控制了病虫害,一九七四年夏天,新培出来的结球白菜竟比它的母株要大三倍。我们很难想象阿拉伯人,在他们炎热的沙地上,经过指导,竟然种出中国白菜来了,阿拉伯人吃中国的结球白菜,真是奇迹!

"至于番薯和马铃薯,在我们学农的人看来,是解决未来粮食的根本办法,你听过'绿色革命'吗?不高明的农夫,一公顷只能种出五千公斤谷子(也就是三千五百公斤白米),有的农民可以种出九千到一万公斤来,绿色革命一来,可以种出一万两千公斤来,一时全世界都震动了。可是大部分人没注意到绿色革命花在肥料上的成本简直可怕,相较之下番薯的产量就很惊人了。一公顷的地最懒惰的农夫也能种出六千到八千公斤的成绩。稍微出点力种出两三万公斤是平常事。有一位日本人,告诉我们他用我们的品种种出四万七千公斤,而根据嘉义一位农民的报告,他居然种出六万公斤来了!

"绿色革命震动了世界,其实番薯远比水稻可以解决未来人类的问题。

"奇怪的是,在台湾,大部分的人对番薯有反感,大概老一辈穷的时候吃怕了。有一件真事,听来像笑话一样,从前洛克菲勒到日本,日本财政部长问他爱吃什么,他说最爱吃甜薯——甜薯是西餐里很高贵的一种甜食,日本人几乎生气,以为洛氏瞧不起人。

'我们有钱请你吃最好的牛排!'

'可是,我就是爱吃甜薯啊!'

'只有穷人才会吃它!'

"亚洲人总觉得番薯是穷人吃的,荒年吃的,或者猪吃的。其实像我们现在种出来的这种 35-2,胡萝卜素高达一万六千单位,煮成汤简直不用加糖。

"此外,'亚蔬'值得一提的是,我们工作的方式跟别人不太一样,我们是以作物为主而分队的。譬如说大豆,大豆研究的本身就该包括土壤、育种、生理、病理、虫害、化学……这些专家都聚在一起,各人都知道对方在做什么,这种方式可以弥补近代分科太细的毛病,而让大家成为一个整体,研究的速度就快了。植物也是一种生命,你要尊重它,它的生命也是一个整体,你不能头痛医头脚痛医脚。在我们的中心里,我们不是分化学部、土壤部,而是分大豆部、番茄部……

"我们有没有困难?有的,钱就是最大的问题。从一九七〇年之后,物价涨了很多,许多国家却不肯多加钱。和糖业试验所之类的经费相比我们还不到他们的一半,实在可怜,何况其中因为有许多外籍专家,薪俸都是以美金计的。

"可是,不管多么拮据,我们还是做出事来了。'亚蔬'的财务哲学是,请第一流的人才,然后事情就能做得好,然后才方便找人要钱。

"目前我们拥有来自十个国家的高级专家,而六年来,我们训练了世界各国的两百三十位专家,寄出十二万份刊物给一百四十个国家。"

第七罐啤酒不冰

黄昏了,餐厅里许多海外学生在吃饭,食物是中西合璧式的。你可以要空心菜,长豇豆、烟熏鲳鱼、肉末粉丝,或者可乐、椰子派。受训的学员都是大专毕了业又有三年到八年农业经验的,可是一旦做了学员,恢复了学生身份,就重新拾回许多校园里才有的乐趣。

餐厅里本来也卖酒的,但自从有个非洲来的学生喝醉了打破门以后,餐厅就不供酒了,学生想喝,只好走到益民寮车站附近的小店去买。

“台湾的啤酒真好,可是,”他们抱怨说,“小店的冰箱太小,只能冰六瓶啤酒——你要是倒霉就只能喝那第七瓶不冰的啤酒!”

问他们有没有生活上的糗事,他们大笑起来,你推我、我推你却又死也不肯讲,看来“此中有故事,呼之欲出”。问他们本土的农业情形,大家都侃侃而谈,多数同学都羡慕台湾的农业环境,盛称台湾农民既勤奋又有新观念。他们多半把本土的农业难题归咎于农民思想保守,以及市场不能容纳产品,以致农人不敢冒险。

菲律宾的同学倒是提出一个当地行之颇有效的好办法:他们有个很具规模的农业公司,农民买一包肥料就有一份股权,农民种的东西,他们保证收购。

南台湾的天气,金雨树低低地垂下,和黄昏一起垂下。荔枝檬果在每一家院子里浓浓烈烈地红胀起来,泰国的、委地马拉的、荷兰的、日本的、印尼的、韩国的、菲律宾的,年轻人坐在一起,也是一种“故人话桑麻”吧!不管世界变成什么样子,活着的人总要谈论食物,这是我们急于共同关怀的事!

我们以设在台湾而觉得自豪

“何以‘亚蔬’中心成立不久，竟能以极少之经费，达成快于别人的成果？值得其他研究机构深思参考。”

这是一九七六、一九七七年两次全球农业机构首长会议中对“亚蔬”的褒词。

其实“亚蔬”哪里有什么秘诀？只不过因为亚洲人，特别是中国人，对土地有其根深柢固的信任和爱情，每一个学者，每一个农民都把农事看作一种虔诚神圣的事业！

陆副主任连他的长女都取了个和番薯相同的名字。那时候，陆副主任和他的妻子尚在南京金陵念农学院，在演讲中初次听到 Nancy HAII 这种番薯。然后，他知道这种“**南瑞苕**”的适应力极好，竟从四川直种到南京上海。他实在喜欢这种壮硕的、红心的、走遍天下无所不适应的作物，“**南瑞**”后来便成了他长女的名字。一个中国农业专家对农作物竟可以如此深情。西方的农业专家把人类的名字冠于农作物身上，中国的农业专家却把农作物的名字冠于人类身上。

“我们以设在台湾而觉得自豪，”“亚蔬”的现任主任萨勒·克博士说：“也希望台湾人民以‘亚蔬’为荣！”

他又说：

“我们经常利用台湾的农业生产方法，作为亚洲和其他热带地区可仿效的楷模。”

这是益民寮的故事，一个属于大地属于作物属于人类的俎豆馨香的永恒故事。

承受第一线晨曦的

楔子:浪上的小女孩

夏天,六月底,中午,海一贯的蓝着。

林茂安从小屋走出来,正要往红头村去,他住的地方叫渔人村。

忽然,他看到一大群人,不知在逃什么,乱纷纷的从海边往岸上狂跑。林茂安当时也飞跑起来——不是往岸上,而是往反方向的海上,他要看到底出了什么事。

台风刚过不久,浪很大,他看清楚了,有一个小女孩,在浪上载沉载浮。

他拼命往前游,终于抓到了孩子,忽然,他发现,孩子的脸极难看,大概是死了。

“也许还能试试人工呼吸,”他想,“总该试试。”

他挥手求人来帮忙,他已经筋疲力竭,不敢相信自己有力气在巨浪里能一边游一边拖回一个孩子。

但是,没有人理他。

他只好死命往回游,把孩子放在沙滩上,试着人工呼吸。太晚了,孩子终于僵冷了。

他把孩子背上岸,刚好碰上管训队的骑摩托车经过,他请求那人把他们载到红头。

过了一阵,孩子的舅舅来了,拿着一支长矛,在孩子的尸体前叫嚣扑跳,又作势猛刺。因为,他们相信,非如此,不能驱赶恶鬼。

林茂安请孩子们去捡回他刚才脱在海边的衣服,小孩说,他的衣服早被人丢在路上了,要捡,得自己去捡,没有人敢碰他沾过鬼气的衣服。他只好拖着累得半死的身子,自己去捡衣服。

但不管走到哪里,村人都凶巴巴的赶他走,他一时也搞不清楚怎么回事。到兰屿已经快一年了,跟当地的人一向也处得很好,其中有几个他还为他们擦过药,现在竟然都翻脸不认他了,他伤心地踽踽独行。

然后,他明白了,雅美人一向对鬼有不可言喻的恐惧,没有人敢去救那快要淹死的孩子,因为怕鬼魔转附到自己身上来。而他抱了死孩子,别人把他看成鬼影附形的人,当然避之唯恐不及。

那是太可怕的一天,他虽不怕鬼,但死孩子的脸在他悲伤失神的心里上上下下的散开又聚拢。

他差不多不能集中心智来思想了,但混沌模糊中,仍有一个念头渐渐拂之不去地凸立出来。

"我要为他们做一点事,从现在开始,让我为他们做一点更具体的事……"

那是我一生中最快乐的日子

远比一般男孩为瘦小,林茂安只有一五五公分。

“上帝把我造得这么矮,倒有一件好处,”他说,“跟小孩特别容易混。”

一九七七年九月,林茂安走下船,到了兰屿,船是从台东开的,风浪大,船的性能也不好,他已经吐得差不多了。念书的时候,他跟同学也曾趁暑假到过兰屿,但这一次不一样,这一次,他不再是一个过境者,他要住下来。

除了雅美人,外地人是不准在兰屿落籍的(除非和雅美人通婚),他必须每六个月去一次报流动户口,流动就流动吧,反正他知道一件事,他的心已在这里打了桩,他的心在这里报了固定户口。

“到兰屿去干什么呢?”

不单别人这样问他,连他自己,一脚踏下船,站在椰油村的岸边也发起急来,忍不住要逼问自己。

不知道,真的不知道,没有谁要“聘请”他,也没有谁答应“付薪水”,身上带了爸妈给的五千块钱,就这样到了兰屿。只有一件事是清清楚楚的:

“我要到兰屿去!”

父亲是受日本教育的药剂师，为人方正保守，母亲也是典型的家庭主妇，哥哥是本分的药厂外务员，一家人都很“正常”，不知怎么会跑出这样一位奇怪的小儿子。但父亲没有生气。他资助了一笔钱，而且常常从高雄作“食物补给”。

父亲也许忘了，在祖父那一辈，他们是住在澎湖的，林茂安也许有其先天性的不可挽救的对小岛的恋慕。

有人借给他一所房子，是当年村长的父亲住的，村民后来搬到“国民住宅”去，房子就空下来了。雅美人的房子平常是一屋一亭（即使搬到水泥做的无趣的“国民住宅”里，他们仍然念旧地接着窗口搭一座凉亭，而属于公家的海防部队，也不能免俗地搭了一座），屋子盖在一方沿阶而下的坑里，坑和阶梯都用石头固定住，石缝之间总是长着美丽的野花。

林茂安的那间更是得天独厚，屋子右边是相思树和释迦果，左边是木瓜。屋子前面除了艳红的太阳花以外，就是一种叫“古雅西”的盘地而生的野草，他试吃了几次也没发生什么事以后，就放心把它也列入菜单了。

他在房子前边搭了个凉亭，许多兰屿小孩来帮他忙。他又在房子左边弄了个“现代化”的棚式厨房，有水泥，有瓦斯，窗外种了棵辣椒,可以顺手抓一把辣椒叶子就是一盘菜。炉台正前方是一片青蕨,有一次有条蛇,从石缝里一探头,几乎跑到锅里来。

小屋收拾得很好,大块龙眼木,凿痕历历,看来古拙质朴,雅美人本来不用钉子,他却钉了个小书架,吊在墙上,又弄了个书桌,白天,他跟孩子玩,晚上,他在白烛下看书。书桌旁经常挤着些舍不得回家的小孩,最挤的时候,可以挤下八个。

有一次,他算算钱,只剩十九元了,奇怪的是,心里也不急。于是,他发现,原来,没有钱也可以活得下去。不时有友善的邻居送来芋头、地瓜和鱼。此外随手摘的芋头叶、芋头梗、番薯叶也都是可吃的菜,螺蛳可以到芋头田里去摸,有时,他也被邀去做抓鱼的助手,负责赶鱼。

星期天,他到小教堂去礼拜。

日子就那样平隐安适无所事事地过去,直到那件事发生。

“那是我一生中最快乐的日子了!”他说,“没有压力,没有‘工作’,就是那样单纯地去爱小孩们,跟他们玩,教他们功课,整个跟雅美人一起生活……”

另一种采矿

可是,那件事却发生了,而且逼到眼前来。

“我要办一所幼稚园。”他想，“父亲打鱼去了，母亲上山挖芋头去了，如果能有个幼稚园，孩子有人照顾，就不会像那样出事了。”

但是，钱在哪里呢？兰屿中学不但免费，而且供吃住，孩子尚且不太肯去。小学里逃学的更多，幼稚园是“学前教育”，政府不贴补，叫他自己拿什么钱去补呢？

雅美人跟全世界一切种族一样，也爱他们的孩子，可是却不见得让孩子去上学。

有位小学校长就碰到这样一件啼笑皆非的事，他注意到某个孩子经常逃学，很替他忧心。有一次，这孩子终于被他逮着了，他把孩子带回家，照顾他，督导他，希望和他生活一段时间把他驯下来。不料孩子的爸爸误会了，他急忙跑来，哀哀地站在门口哭着说：

“校长啊！校长啊！请你不要打他呀！要打，你打我好了，不要打他呀！”

孩子不爱上学，学校只好找出许多条件来吸引他们，但林茂安这位口袋里一文不名的小子，又拿什么去办兰屿第一所幼稚园呢？

他想到有一所房子，弃置在一个小山脚下大概有六七年了，房子接近四十坪，四房一厅，外加厨厕，当初是“经济部矿业研究所”盖的。那时，他们怀疑兰屿有铜矿，后来发现没有铜，人员便撤了回去，空留下一栋房子。

兰屿人不敢走近那房子,因为房子后面是坟场(兰屿人的坟场外人是看不出来的,因为不树不封,无碑无碣,不祭不拜),久而久之,房子变成了牛棚,满地都是牛粪,秽不可闻。

如果能洗干净做幼稚园多么好,他想。

透过《宇宙光》杂志,他们和"矿业研究所"的所长联络上了,事情神迹似的进行得很顺利,所长答应把房子交给他"暂代保管"。

办幼稚园也该看作一种矿业吧?这一次,拟定要探采的不是"铜矿",而是"人矿"。

房子有了,但是,钱呢?杂志社干脆好人做到底,答应利用一九七九年母亲节办个义卖会,于是,在康乃馨的季节,在最悭吝的心也容易一时柔软下来的五月,他们有了第一笔捐款。

有了房子有了钱,满心感激,压力却也同时重了。林茂安不是那种干练型的人物,忽然一下,百废待兴,把他弄得不知所措。他原是一个闲适自安喜欢在烛光下读文章的人,他原是一个喜欢坐在茅棚下望着大海出神的人,他是一个跟孩子玩得忘了自己是个成年人的人。

如果你在海边看到一个眼神清纯的大男孩,夹在一群赤腿的孩童中间——其中有的小孩极小,一手急着去拉他,一手还握着自己的小鸡鸡——他教他们把两手勾起来伸动,嘴里咕咕咕咕地作出水泡声，一路前呼后拥浩浩荡荡地走过去，那才是林茂安，不懂行政，不懂策划，不懂预算，不懂宣传的林茂安。

可是，他想做事，一件具体的事，麻烦就来了，一所积满了牛粪而又没有水的房子怎么点化成幼稚园？老师哪里去找？什么叫“幼稚教育”？事情不再像当初那么好玩了。

他开始套上了责任的轭。

洪浚正从美国回来洗刷牛粪

可是，帮忙的人也来了。凡是直接间接听到这回事的人都想尽力帮一把忙。

有一次，他接到一封信，信封上写的竟然是：

兰屿——请邮差先生帮忙送给一位想办幼稚园的林茂安先生。

那是一位陌生的关怀者写的，使他不胜感动。

夏天，洪浚正从美国回台打威廉·琼斯杯，一下飞机就直奔兰屿，他和林茂安曾是同学，兰屿人大概没想到有这么大号的人物去为他们的孩子洗刷牛粪。

和他一起去的还有些当年一起爱打球的大男孩,天气热,大家脱了上衣砍野菠萝。野菠萝多刺,但不砍不行,那东西的生命力太泼旺,满地都是,不砍出一条路来是不行的,结果是每个大男孩都弄得鲜血淋漓。

另一件头痛的工作是引水,水在两个山头以外的溪涧里,需要一个半小时才能走到,他们扯了一条极长的塑胶管把水引了来。

当第一滴清水滴下来的时候,十几个年轻人疯狂地欢呼起来:

“水来了!水来了!水来了!”

他们还慎重其事地摄影留念。

水来以后,他们把陈年牛粪泡了三天,才能动手。

洗刷干净了,他们又动手粉刷,粉刷完了,他们打算在屋顶墙栏上漆上“兰恩幼稚园”五个大字,当然,船啦什么的也得画一些才好看。一个艺专美术科的女孩爬上去画,男孩在下面扶着丈把高的自搭的木架,女孩说:

“我这辈子还没有在这么高的地方画过画。”

当然,美术科里是不会教人这种东西的,她战战栗栗地足足画了两天才画完。

也许这是规模最小的幼稚园,但它必然也是规模最大的一所,背后，它有青山为墙垣，面前，它有大海为庭院，这兰屿岛上第一所幼稚园。

承受第一缕晨曦的幼稚园

一九七九年秋天，十月八日，兰屿第一所正式的幼稚园开学了。

有人捐了白围兜，有人捐了奶粉，有人捐了故事书——更有人捐了自己，兰恩幼稚园就这样开始了。

兰屿的母亲习惯唱一首甜蜜凄伤的摇篮曲：

> 你，你这个小孩
>
> 你是我这一生中摇过的小孩里
>
> 最最顽皮的一个小孩
>
> 妈妈的百宝箱里没有几颗玛瑙（兰屿人以玛瑙为传家宝）
>
> 妈妈可以给你的非常少
>
> 妈妈只希望你的调皮
>
> 将来对你不是坏，是好

兰屿的小孩的确是顽皮的，他们怎可以不顽皮？他们的男孩自古以来便是只凭一把斧头造船造屋,他们的女孩把山野和平地都种成芋头田,他们要打万万千千条鱼,他们怎能不顽皮?

虽然老师中间没有一个是学幼稚教育的,但林茂安和其他老师都决定不要像台湾的幼稚园教文字或数学,他们只管玩,只管听故事,只管唱歌,他们唯一的教学重点是:生活。

这是一间非官方的、却全免费的幼稚园,此外上午供一顿点心,中午供一顿饭,老师要耐心地教“餐桌礼貌”。

由于人手不足,老师常常自兼数职,你忽然听到“咕咕”的鸡叫,原是一位笨老师在捉鸡。兰屿的鸡跟羊都采放牧方式,捉起来不太简单。大清早,你看到有人杀鸡,有人拔毛,那些人也全是“老师”,再等一下,煮鸡和分鸡给学生吃的,仍是“老师”。

然后,你看到有一位,在用手为学生洗衣服(没有电的地方当然没有洗衣机)——那是李老师,她是淡江德文系肄业的。她那样认真地打扫清洗,要让每一个孩子学会清洁。

小孩穿衣服当然不懂珍惜,每件衣服都脏得可以,李老师就那样日复一日地搓洗下去。

小孩又老是掉围兜,这也是当初没想到的麻烦,围兜已经发了两次了,看来还会需要再发。有一次,有个很乖巧的小女孩早上不敢到学校来,只是站在家门口哭,最后,老师终于弄明白了,她的围兜被烧坏了,她不敢来上学。她的父亲昨天喝醉了酒,香烟不小心把围兜烧得一个洞一个洞的,孩子伤心地哭着,老师终于把她劝来上学了——当然,免不了还要再给她一件新围兜。

早晨,如果天气好——兰屿的天气差不多总是好的——小孩子们就站在院子里,一本正经地唱"国歌"、升旗,看着那棕色的小手把"国旗"一小段一小段往上拉,心里忍不住感动起来。在这么边远的岛上,在中国的极东疆,在太阳最先照到的中国土地上,一面旗,升起来了。一首歌,唱起来了。

"三民主义,吾党所宗……"

现在,也许他还太小,不懂得自己唱了些什么,但有一天,他们会懂,他们会知道,自己曾唱了一首多美丽的歌。

老师的心情正是母亲的心情

"小朋友手拿出来!"一走进教室,坐好,江老师就开始问:"你们有没有洗脸? 有没有换干净衣服?"小孩都点了头。

"钟启义,"那小男孩不好意思,扭扭捏捏地被拉起来,"你们看钟启义很干净是不是?"

钟启义不好意思地"忍受"着老师的赞美,这小孩长大了会是什么样的孩子呢？一个大智若愚深藏不露的人物吧！

“谢雯萱，她也很干净，是不是？”

谢雯萱显然是个美人胚子，她是个汉人跟雅美人的“混血儿”，父亲在宾馆做事，这些年买了些车子租给荣工队，小女孩穿得干净漂亮。

“大狮子说，”江老师手里玩着一个狮子头，“兰恩幼稚园的小朋友，你们要走路轻轻，说话轻轻，搬椅子也要轻轻，大狮子说，请你们过来唱‘坐飞机’的歌好吗？”

孩子一下涌上去。七嘴八舌谈着飞机，世界上恐怕极少有幼稚园刚刚好就设在飞机场旁边。而且，兰屿的飞机又是小飞机，机场毫无遮拦，江老师有时也带着孩子走到跑道旁去看飞机，那光景，就像都市的小孩站在路旁看摩托车一样随便平常。

然后，他们唱一首歌：

稀奇稀奇真稀奇
漂过大海漂过溪
没手没脚能游泳
乘风破浪快如飞

都市里的孩子可能也唱这首歌，但，兰恩幼稚园的孩子唱这首歌却是截然不同的，他们谁家没有一条船呢？每个孩子都渴望能坐一下船，他们也眼巴巴地望着大船自台东带来补给品，他们几乎每一个都在想：

"有一天，我要坐船到台湾去！"

"她是我妹妹。"下课的时候，阿雄说。

"我叫他大哥哥，他叫我小妹妹。"那叫小燕的女孩补充道。

两个孩子牵着手，看起来又亲爱又漂亮。

"你的妈妈就是她的妈妈，是不是？"

"不是，不是。"两个人一起急着否认，小手仍然紧紧拉在一起，好一对青梅竹马。

小燕是另一个混血儿，美丽黏人。

"这里是'娃娃角'，这里是'沙坑角'，这里是'积木角'，这里是'阅读角'，"林茂安说，"我想等有空的时候做份卡片，详细记载每个孩子的性向，看他们花在哪里的时间最多。"

"这一间本来是午睡室，你看，满架子都是棉被，"林茂安继续说，"但后来发现兰屿的小孩不一样，叫他们午睡他们太痛苦了，他们甚至宁可逃学来罢睡。真的,他们晚上六七点就睡了,白天精神好得要命,老师后来也只好投降,不再强迫他们睡觉。不过,这样一来老师就更苦了,中午也要陪着小孩玩。”

“在小孩毕业的时候,”林茂安说,“我想送他们每人一个相片簿,里面第一页是他单人的照片,然后,是全体的生活照片。”

一个小女孩跑过来,她的脚趾甲不知什么时候被颜色笔涂成绿色的,让人又好笑又好气。

“从台湾回来的小姐,脚上都是这样的!”她无限得意地说。

开学几个月以后,“世界展望会”答应用他们的车子载送小朋友,可是有的时候,他们自己也有事,不能在放学前赶来接小孩回家。碰到这样的时候,江老师便握起小朋友的手,沿着涛声,穿过两侧野菠萝,一路往前走,把孩子一一送到邻村的人家。在风雨的下午,人影愈走愈小,那景象看来特别温暖动人。

“我们刚从台东买了六只小鸡,今天早上把箱子拿出来,一转眼就全不见了,山上有狐狸,不知是不是狐狸偷吃了?”林茂安不胜惋惜,“我想辟个园子种点蔬菜,让孩子午餐的菜不必全靠采买,我还想找几样动物来养——有些动物兰屿的小孩从来没见过。不过这一切都要人力……”

“我还听说蚯蚓能吃垃圾,改变土质,我也想去买些来……”

看得出来,他是大大小小的事件无不萦绕胸中的人,但是,人呢?钱呢?

“朗岛那边的人每次看到我就说:‘林老师啊!你也来我们村子上办个幼稚园给我们小孩上嘛!’我也想,可是……”

清秀颀长的江老师是另外一则传奇。

“有时候,当我沮丧的时候,我会想:‘凭什么,为什么我一定要待在兰屿?’我很想回家,我可能是疲倦了?生气了?失望了?我可能是太在乎回报了?我可能自以为付出很多,孩子却没有听话,所以我就气馁了?——我找不到我非留下不可的理由,可是我知道一件事,我舍不得走。

“妈妈起先听我说要来兰屿,吓坏了,除了怕待遇少工作苦,她立刻想到的就是:‘完了,她嫁不掉了!’哈!我自己倒不太怕,反正刚毕业。

“其实,我从小就看惯了山地人,我父亲年轻时候在日本学医,回来不久就做了山地传道人,他工作的对象是屏东的排湾族。我小时候很少看到父亲,倒是常看到家里出出入入都是山地人,我跟他们相处得很自然，其中有个孩子，跟我父亲做翻译，他叫我妈妈‘阿妈’，他差不多是在我们家长大的。

“我读中学的时候，父亲就去世了，但是，我一直记得他说的两句话：‘如果你希望到山地工作，你一定要跟他们一起生活。’我一直很佩服我父亲，我没有想到自己也会走上这条路。”

“这些小孩，怎么说呢，真是又好气又好笑，有一次我问他们：‘小朋友，你们到兰恩幼稚园，最喜欢做的是什么？’我以为他们会说唱歌或者画图什么的，结果一个小朋友大声回答说：‘我最喜欢的是——逃跑。’唉，记得刚开始的时候，他们真喜欢跑，我们做老师的还得满山遍野去抓孩子，他们又跑得快，我们哪里是对手，没办法，只好垂头丧气地回来。嘿，没想到，你一脚回来，他大概也没乐趣了，居然也跟着跑回来了！”

在这样跑跑抓抓之中，多少孩子在成长？五十年或七十年后，当他们之中某个人物写起回忆录来的时候，这些事件都记忆犹新吧？

去年，江老师刚毕业的时候，由于自己完全没有学过幼稚教育，不知要如何着手，有一位双连幼稚园的蔡老师鼓励她说：“去吧！别的东西可以慢慢学，只要有一颗爱心，就够了！”

当然，爱心是空灵高渺的，但爱的行动却是烦琐累人的。一年来，她感到自己的成长。当天气不好、运输船延误了，她焦急地说：“怎么办，孩子的饼干都快没了！”听那口气，你感到，她不单是老师，也是母亲。

林茂安有一张小的书桌，桌上有一块小玻璃，玻璃下压着一片极小的书签，上面有一段这样的话：

如果一个孩子生活在容忍中——他就学会忍耐

如果一个孩子生活在鼓励中——他就学会自信

如果一个孩子生活在公平中——他就学会公义

如果一个孩子生活在安全中——他就学会信心

如果一个孩子生活在赞许中——他就学会喜爱自己

如果一个孩子生活在被人接纳和友谊中——他就学会在这个世界里去寻找爱

或者，作为一个老师，他们的心情也正是那首摇篮曲中母亲的心情：

你，你这个小孩
你是我这一生中摇过的小孩里
最最顽皮的一个小孩
妈妈的百宝箱里没有几颗玛瑙
妈妈可以给你的非常少
妈妈只希望你的调皮
将来对你不是坏，是好

一朵常开不萎的爱心花

“如果你们春天来，”林茂安说，“满山都是野百合，每个人手里都可以抱上一大抱花。”

四月以后，野百合会谢，但兰恩幼稚园，一朵爱心的花，开在中国的最东端，承受第一线的晨曦，却常开不萎。

那部车子

朋友跟我抢付车票，在兰屿的公车上。

“没关系啦，”车掌是江浙口音，一个大男人，“这老师有钱的啦，我知道的。”这种车掌，真是把全“车”了如指“掌”。

*　　*　　*

车子在环岛公路上跑着——不，正确一点说，应该是跳着——忽然，我看到大路边停着一辆车。

“怎么？怎么那里也有一辆，咦，是公路局的车，你不是说兰屿就这一辆车吗？”

“噢！”朋友说，“那是从前的一辆，从前他们搞来这么一辆报废车，嘿，兰屿这种路哪里容得下它，一天到晚抛锚，到后来算算得不偿失，干脆再花一百多万买了这辆全新的巴士。”

“这是什么坏习惯——把些无德无能的人全往离岛送，连车，也是把坏的往这里推，还是兰屿的路厉害，它硬是拒绝了这种车。”

“其实，越是离岛越要好东西。”朋友幽幽地说。

*　　*　　*

车过机场，有一位漂亮的小姐上来。

“今天不开飞机对不对?”车掌一副先见之明的样子。

“今天不开。”

“哼,我早就告诉你了。”忽然他又转过去问另一个乘客,“又来钓鱼啦!”

“又来了!”

真要命,他竟无所不知。

*　　*　　*

这位司机也是山地人,台湾来的。

他正开着车,忽然猛地急刹车,大家听到一声凄惨的猫叫。

“唉呀,压死一只猫了!”乘客吓得心抽起来。

“哈,哈!”司机大笑。

哪里有什么猫?原来是司机先生学口技。那刹车,也是骗人的。

大概是开车太无聊了,所以他会想出这种娱人娱己的招数,这样的司机不知该记过还是该记功。

*　　*　　*

“从前更绝,”朋友说,“司机到了站懒得开车门,对乘客说:‘喂,爬窗户进来嘛！'乘客居然也爬了。"

*　　*　　*

早班的公车开出来的时候，司机背后一只桶，桶里一袋袋豆腐，每袋二十四元，他居然一路走一路做生意。

每到一站，总有人来买豆腐。

不在站上也有人买，彼此默契好极了。司机一按喇叭，穿着蓝灰军衣的海防部队就有人跑出来，一手交钱，一手交货。

除了卖豆腐，他也卖槟榔。

"槟榔也是很重要的！"他一本正经地说，仿佛在从事一件了不起的救人事业。

*　　*　　*

豆腐是一位湖北老乡做的，他每天做二十斤豆子。

"也是拜师傅学的，"他说，"只是想赚个烟酒钱。"

他自称是做"阿兵哥"来的，以后娶了兰屿小姐——跟车掌一样，就落了籍了，他在乡公所做事。

"我那儿子,"他眉飞色舞起来,"比我高哪,一百八十几公分,你没看过他们球队里打篮球打得最好的就是他呀!"

*　　*　　*

车子忽然停了下来,并且慢慢往后倒退。

"干什么?"

"他看海边那里有人要搭车。"朋友说。

海边? 海边只有礁石,哪里有人? 为什么他偏看得到?

那人一会儿工夫就跑上来了,手里还抱着海里摘上来的小树,听说叫海梅,可以剥了皮当枯枝摆设。

那人一共砍了五棵,分两次抱上车。

"等下补票,"他弄好了海梅理直气壮地说,"钱放在家里。"

车掌没有反对,说的也是,下海的人身上怎么方便带钱? 后来他倒真的回家补了钱。

*　　*　　*

"喂,喂!"我的朋友看到了他的兰屿朋友,站在路边。他示意司机慢点开,因为他有话要说。

“你有没有继续看病?”他把头伸出窗外,他是个爱管闲事的人。

“有啦……”那人嗫嗫嚅嚅地说。

“医生怎么说?”他死钉着不放。

“医生说……病有比较好啦。”

“不可以忘记看医生,要一直去。”他唠唠叨叨地叮咛了一番。

“好……”

车子始终慢慢开,等他们说完话。

* * *

“这些女人怎么不用买车票?”

“她们是搭便车的。”

“为什么她们可以搭便车?”

“因为她们是要到田里去种芋头的。”

我不知道这能不能算一个免票的理由,但是看到那些女人高高兴兴地下了车,我也高兴起来,看她们在晨曦里走入青色的芋田,只觉得全世界谁都该让她们搭便车的。

新灯旧灯

——林安泰古厝拆除一日纪实

失去的旧灯

古老的阿拉伯故事里，有一个神秘的人沿着街头叫卖：

"新灯换旧灯！"

一个女仆听见了，很兴奋地捧着家里的一盏旧灯冲了出去，然后喜孜孜抱着一盏晶亮耀眼的新灯回来。

——她不知道，那旧灯是一座神灯，是主人安身立命的基础，是一切财富的泉源……

墙上的告示

这一次是真的要拆了，在两天前，一纸市政府工务局的副本便贴在厅堂的东墙上，受文者是台北电力公司和自来水厂，副本收受者是林宅产业的代表人林福传和林敬令，公函的内容如下：

主旨：查四维路一四一号林安泰古厝已由业权管理人具结领承取补偿费，本处已订于本(六)月廿六日上午十时开始代行拆除，请适时派员拆除水表并切断水电源以策安全，函请查照。

说明：副本抄送林福传、林敬令先生（请转现住户知照）、大安分局信义路派出所（请配合疏导）、本处工务科（转知工务所遵照）。

副本是影印的，像一切的影印文件，显出一种苍白与灰黑的不愉快的对比，看来有点像古老年代的告示。龛里的祖先牌位密密匝匝地层立着，即使在正午也显得一片洞穴的幽深。神龛沉默地斜睨着那纸公文，彼此微妙地对峙着。

棉絮还是要晒的

市政府蓝色的工程车已停在当年的晒谷场边上，各路人物，包括闲着看热闹的，电视公司的，"新闻局"的（拍电影），报社的，在建筑系教书的，怅怅然只为来瞧一眼的……都零零落落地来了。

十点钟到了。

有人从朝南的大门而入，走进正厅前的天井里来。

天井里有位老妇人，正带着个年轻的女人一起晒一床旧棉胎，她认真地拍打着，灰尘腾飞，一棒一棒的，仿佛都打在湮远发黄而又僵硬枯涩的岁月上——不管拆屋不拆屋,日子还是得过的,棉絮还是得晒的。

有人出面请她先让开,因为电视记者要拍新闻片。

“老太太,你坐在正厅上给我们照相好不好?”

“不要!”

“另外还有老人,”院里人杂,有人热心帮忙,“我去叫,有个八十三岁的!”

“对,对,八十三岁最好!快去请他出来。”(事实上林宅最老的算来还有位九十几岁的,不过早已搬迁,不住在古厝里了。)

去的人很快地跑回来:

“出去了,不在家。”

——也不知道是真的出去了,还是不肯照相。

神意不清楚

好在问题意外地解除了,林氏家族要拜祖公,那倒不失为一串好镜头。尤其好看的是,在祭拜之前质朴的木桌前忽然悬挂起绣得金碧耀眼的红绣帔——倒是很适合彩色电视的。

上供的水果放上桌子,香蕉、西瓜、葡萄、莲雾、荔枝……一样样都用透明塑胶袋装着——应该是用福建漆的大雕盘吧？塑胶文明一旦上了供桌，该坚持的就坚持不下去了……

油纸灯笼犹自悬在梁上，用一切庙堂里惯见的那种肥厚扁大壮硕的字体写着“广泽尊王”。正中的灯笼用怪异的字体写了个“心”字，很神秘地高吊着。

灯笼下有人燃起一把香，迎风一甩，便轰然烧了起来，几个林家的男人在龛前侍候着。

新工处的一个科长彭延绪也捻香拜了，跟他一起拜的是拆屋工人，彭科长嘴里叨念着：“除了他们林家的，我们大家都来拿一根香啊，请林氏祖先保佑大家啊！”

——当然，也许并不是祈什么福，保什么佑，只是表示歉意，对于拆一座两百年的祖厝，谁都狠不下心来公事公办地动手就拆……

作为家族代表的林福传没有来，那里面或者意味着什么沉默的抗议，以及很容易了解的不忍之心，只有另一位叫林敬令的里里外外地跑着。他人短小精悍，一副精明外露的样子，跟家族中其他木讷羞怯的相比，颇有一副见过世面能言善道的样子。

他拿起杯筊往地上一掷，很快，没有人看清楚，可能是两个下覆的，他很快地拾起又掷第二次，这次是一仰一覆，依照旧习惯那代表一种允诺，林敬令拾起杯筊不再掷了。

“祖公说什么?”

“神意不清楚……”

“你刚才丢第一次,丢的是什么?”

“丫',不要给你讲。”

冥纸在一口穿孔的老铁锅里喷然烧了起来——不知为什么,烧纸钱好像总是在破铁锅里。

“一只香炉,也不见了——掉了一回,有人送回一个新的来补——新的又给人偷了!”也不晓得是自己絮絮叨叨地在抱怨,还是要说给阶下的各路人物听的。

冥纸仍然红艳艳地烧着,难得的好镜头,记者忙着照那一盏火,林敬令走下神龛,忽然从衬衫口袋里掏出一个扁长的小照相机,对准那些照相的人猛照起来,两下里都从容地取到了自己要取的镜头。

鞭炮在大门前猛地炸起来,一切算是礼成了。神意清楚,或者神意不清楚,房子的命运反正是拆掉,杯筊一次不成,可以掷第二次,总能掷到叫神明同意的。

那时候,那条路还是一条河

决定是先拆东厢的屋瓦。

两架新钉的木梯靠在红砖墙上，工人一一爬上去，跟工人一同爬上去的还有摄影记者。

“预定是八十个工作天拆完。”新工处的彭科长对着麦克风说。

“什么？一幢房子怎么会拆八十天呢?”旁边的人都很惊奇。

“就是因为要小心拆才弄得这么慢呀，”彭科长几乎有点委屈，“要快，找推土机来，一天就能解决。”

那倒是真的——恐怕过去也真的用过这种方法干掉不少老房子！就市政府来说，这一次已经是让步又让步了。

“要是南部乡下，大概说拆就拆，事情就简单了。”有人这样说。

“那当然，台北就不行，台北学术界艺术界的人多，意见多，这房子说拆说拆也搞了好几年了。”

大晒谷场上久已没有谷粒的芬芳，暗红色的石板地已裂成斑驳的图案，此刻，只见人头晃动，来来往往，谁都可以是问话的人，谁都可以是答话的人，那些红石板晒了子孙六房两百年的谷子仍是完整的，但自从有汽车开上来就碎裂了。

太阳忽然热得不得了，新工处的车子里有一箱黑松沙土，这时候也不分你我的大家各分一瓶。看得出来新工处是想做人际关系的。

第一块瓦终于敲得松动被传下来了，然后是第二块，瓦其实不算古旧，据说是后来换的。有些不堪一拆的，便哗啦啦地坠下来变成碎砾。

一个白头发的瘦老头怔怔地望着屋上忙碌的一群，嘴咧着，看不出来是笑还是不笑。

“老先生，你是第几代的了？”

“我，我是跟他一代的，”他慌忙指着旁边的一个，不过他又很快地补上，“我是第五房的。”

“那你又是第几代的？”问者又转身去问“旁边的那个”，他看起来比较年轻，赤着膊，带着斗笠，倒仍然有几分田家汉的味道。

“第几代我也搞不清，”他说，“我是第五房的，他（他回头指刚才的白发老头）是第四房的。”

“咦，这倒奇怪的了，他刚才自己说他是第五房的，你又说他是第四房的，到底他是第几房的呀？”

“第四房的，”他斩钉截铁地说，“他刚病了一场，糊涂了，他是第四房的，我是第五房的。”

拆下的瓦继续往下传，很快地排成一列。

“我们早先的老家不是在这里，”林敬令的嗓门总是比别人高些，他倒也不一定对谁说话，反正他知道自己今天的身份很重要，说的话别人一定会听就是了，“我们的老家在‘三军总医院’对面，早先在那边生了六个儿子，我们的祖公是第四房，这边是分出来的——到了这里又生了六个，以后这里就有六房。”

“他说的是对的，”市政府里的一个专家低声说，“这房子是第二代才盖的，第一代移民刚来，没有那么阔气盖这样的房子，要第二代才行。”

“怎么会一代就富了？”

“他们做贸易，把泉州的丝绸茶叶往这边运，把这边的米糖往那边运——就这样发了财。”

“不是说他们早先有七甲地吗？有七甲地应该是种田人才对，怎么做贸易？”

“生意归生意，田归田。”

“那时候，这周围七甲全是林家的！”

“那时候，安和路整个就是一条灌溉河！小船可以从淡水河一路开过来。”

“就跟新生南路新生北路的那条瑠公圳一样吗？”

“对，一样。”

问的人和说的人都沉默了一阵，如果现在还是“那时候”，烈阳下成熟稻田的香味会把六月香成怎样的六月！

——如果周围还有稻浪。

——如果周围还有稻香。

——如果周围还有刷刷然稻叶如青剑出鞘。

——如果安和路仍是一条河,可以灌溉可以行船的河。

——如果有船从碧波上泛来,载着来自唐山的压船石材,带着福州的上好木料……

——如果……

拆下的瓦继续往下传,排成第二排。

“早先,我们在这里晒谷子,”赤膊汉子忽然想起来,没头没尾地自言自语起来,“唬!一天就干啦!”

四下没有人答腔。

十几沿了

一个小女孩,大概是三岁,圆眼脏脸,穿了一件今年流行的白色镶红布边的洋装,从西厢房里跑出来,被人捉住要给她照相。

“她是不是林家的?”

“她是最小沿的啦(沿是台语,指辈分)。”她的母亲代着回答。

“第几沿?”

“也不知道,反正十几沿就是了。”(后来经求证应该是十三沿。)

“她是不是最小的?”问的人一直想弄清楚。

“她还有弟弟妹妹啦!”

“弟弟妹妹多大?”

“有些还抱在手上啦!”

——在这屋子里想要把数字资料弄明白,大概是件不容易的事,不过西厢廊下有竹制的小摇篮,看来最小的孩子是不会大过一岁就是了。

“林福传是第八代。”

好了,总算有一项资料还算清楚。

“这里住了多少人?我是说最近住多少人?五十个有没有?”

“有吧!”

“一百个有没有?”

“有吧!”

“到底有多少?我是说最后住在里面的有多少?”

“十几户就是了。”(后来经询问结果是十八户。)

“为什么还有几户不搬?他们什么时候搬?”

“还早,反正还有得拆哪!”

“他们有的还没有拿到十万元的搬家费。”

“搬了也好,这房子现代人住恐怕住不惯了!”一个游客插嘴说。

“不会呀!”一个白净的年轻媳妇温和却又肯定地分辩着,“住惯了倒觉得好凉快啊,比公寓房子凉呢!”

许多小孩子撒开腿从前厅跑到边廊,从边廊跑到天井,你必须承认,它仍然是一个适合居住的地方——否则怎么会有这么多人住在这里?

“他们子孙也有很发达的,他们六房就出了个建筑师。”

“发达的都搬走了。”

“有的去海外了。”

“……”

“还算子孙好,要是子孙不肖,早把房子弄坏了。”

“也不是,我看幸亏子孙没有太发达,要是太发达,一时高了兴来个大翻修大装潢,也就把个古厝修完蛋了。子孙太坏跟太发达都不行——”

“这倒也是真的。”

拆下的瓦继续往下传,排成第三排。

会不会是打太极拳的

“你们工务局有没有专门拆古厝的工人?”

“没有。”(后来弄清楚了,拆卸的工作是由民营建筑商承包的。)

“你们实在该有个专门小组，专管这一类的事。”

“‘该’倒是真‘该’有——”

“时代不同了，这种事从前没有，以后总会碰到的，拆还好，盖怎么办？这种事情应该有专门小组。”

“是‘该’有的，是‘该’有的。”

“听说这屋子要整个搬到南港去。”

“是的。”

“什么时候？”

“这一拆恐怕就拆到年底了。”

“会不会不了了之了？”

“南港的工程什么时候动工？”

“我们已经开始谈这个计划了——目前是跟‘中央研究院’的民族所合作。”

“我是问什么时候着手？”

“不知道，我们已经开始规划了。听说南港方面土地还有点问题。”

“一边拆东西要是一边掉怎么办？”

“我们在后面搭了个工寮，拆下来的东西先放在里头，每天有人看着。”

“刚才我听到彭科长在拜托信义派出所的人驻守，可是等彭科长走了，那两个警员说：‘驻守怎么可能，顶多叫本来巡守到林肯大厦的多走几步巡到这里来就是了，大不了加个巡逻箱。’加巡逻箱有什么用啊？”

“石狮子就掉了！”

“石狮子是从前就掉的，后来救回来，据说现在藏起来了。”

“还掉了什么？”

“好像听说神龛前有一对菩萨也掉了。”

“听说古董市场上菩萨很好卖。”有人摇头叹气。

“还有神龛前头一对木雕狮子也掉了。”

“这些都是移交以后的事啊，一下子就掉了那么多还得了。”

“还有刻得最好的神案底下的一面二十四孝图，也给挖走了。”

“大厅东边墙上有一只小鸟也给掰掉了！”

“那只小鸟掰得最气人，”一个看来很温和的人忽然气冲上来，“偷那只宣德香炉虽然也是偷，但那小偷是个识货的，他或者收藏或者卖人，大概不会把那炉子糟蹋掉，那炉子还会在人间的。拔小鸟的太可恶了，那面木雕所以宝贵是因为它是连绵一片没有断痕，单拔那一只鸟又有什么用，说不定他自己过两天腻了也就扔了！”

“听说宣德香炉在古董市场上值到六位数字。”

“谁知道？也不值得做贼吧！”

林氏家族对防贼倒也有一个好笑的办法，他们在门上贴上一面红纸条：

“谢绝参观，古物遗失甚多。”

但林家既没有门役，市政府也没有设警卫，那一纸禁令也不过是一声不起作用的恫吓罢了。

如果房子仍是林家的，偷东西已足够令人生气，而现在围观的人有更大的理由生气，房子既然由市政府花了三百多万转过手，已经是全体市民的了，市民有权利要求经由自己纳税金买下的东西不残不缺，市民有权利让自己的子子孙孙看到一栋完完整整的十八世纪的民宅。

十一点多，市政府的公务车走了，剩下两个职员在现场。

许多门窗梁柱上用粉笔写了记号，令人担心的是那么脆弱易消的痕迹，怎么耐得住经年累月不确定的等待！

“听说林家看的日子是在阴历六月迁牌位，”看到市政府的“官”，一位女市民凑上去问，“为什么要迁牌位，没有牌位，古厝怎么像个古厝。”

“这是有关当局的意思。”那位职员尴尬地笑了笑。

“有关当局”的名词对那位女市民显然是太高深了一点，反正在她的印象里一切行不通的事都是“上面”或“有关当局”的主意。

“房子整个都收下了，多放几个牌位在里面又碍什么事？”她死钉着问。

“我也是这样想呀！”那职员无限委屈地叹了口气，“但他们说，市政府只能收一栋房子，不能管人家的祖宗。”

“可是，中国老房子的牌位就是整个房子的中心点哪，没有牌位哪来的真实感呢？”

“……”

“好吧，好吧，我们就把话说得俗气点好了，”那女市民的声音提高了些，“就算发展观光吧！春秋两祭，林家子子孙孙都来了，洋人不是都来看了吗？钱不是也赚了吗？谁也不害的事为什么不做呢？”

“你们能说话的就去呼吁嘛！”

“他们是这样说的，”另一个一向关心这件事、为之奔走了许久的大学讲师说，“他们说要是放进林家祖先的牌位就麻烦了——房子一天不重盖好他们就一天没法祭祖，到时候他们天天啰嗦怎么办？”

“岂有此理，”那女市民更生气了，“说这话显然就没有重盖的诚意了，要是诚心盖，哪怕人家来催——自己催自己都来不及了。”

“会不会是打太极拳？”

“我看是。”

“会不会是他们被大家吵得没办法，就想个南港计划算缓兵之计来敷衍我们一下？”

“我怕是。”那位讲师说。

当然，也许那些人只是以小人之心度君子之腹，但愿如此。

有没有宝

“地底下不知道有没有藏宝？”有人好奇地问。

“当然总会有，”有人很权威地回答道，“不过——等不到今天，早给人挖走了。”

按着中国人保守的存钱方式，这样的一栋老宅里埋点金条银元该不是奇怪的事，但林宅真正的宝绝不在地下，而在那显然可见的被岁月摩挲了两百年的质朴老屋的本身。

真正的宝正在被支解凌迟。被活生生地从忠心趴伏了两百年的土地上拔离。

“人家都说我们这块地风水好。”一位林家的十一世孙说，“你看，这根横梁两百年不坏，要不是风水好，早就烂了。”

“那时候，师傅都是唐山来的呀，”他说，手里还抱着第十二世的孩子，“一盖就盖了五六年，现在哪有这样盖房子的？那时候，他们盖完了这里，原班师傅就去盖万华那间祖师庙，你要是仔细看，有些地方是差不多的。”

一个女孩，踮脚在黑洞洞的神龛前数牌位，数了好多遍。

“是七十八，还是七十九啊？”她问。

“不对，不对，你算不清的，有好多被请回去了，这里算不准的。”

“牌位有没有生年月日？”另一位问。

“有，有一张，用毛笔写得很清楚，夹在里层。”

“牌位都是什么木头？”

“樟木——才不会坏。”

有一位老先生走过来，摇着头吟诵正厅两边贴的两副红纸对联，一面拿出笔来迅速地抄下来。

安而能虑，克勤克俭为至业

泰则不骄，善读善耕是良规

安心立业，士农工商各安职分

泰爻叶吉，阴阳上下交泰亨通

安且吉兮，一经教子开堂构

泰而昌矣，九牧传家衍甲科

东厢房的廊道上，一只半人高的黑褐色的木桶弃置在那里，当年大概是一只沐浴桶吧？洗过一代一代小孩子的，现在却孤零零地放在那里，沐一片感伤的南风。

近中午了，工人从屋顶上爬了下来，一个穿黄色T恤牛仔裤的年轻男孩，也从上面背着照相机下来了——是日本照相机吧？果然，是卡侬[①]，另外又有人背着照相机爬上去了，帆布袋上赫然是Life字样……

沿着屋侧看看吧。

东厢房外侧加盖了一列书房，想当年，还是有人在此坐馆的，一个个孩子仍要念：

“赵、钱、孙、李……”

“人之初，性本善，性相近，习相远……”

所谓中国，便是在那样的朗读声里传下去的，大江南北，全被一本《百家姓》伸手抱紧，隔着海峡和历史，仍抱成一脉血亲。

在中国，所有的房屋和墓穴都是一种抱姿。

正厅是母亲芳馨的胸膛，而房子的东西厢房，照例是温柔的伸展

① Canon，通译为佳能。

着的长臂。而坟墓，也惯于柔和地伸出左右两个半圆弧，犹自抱着最后一片挚爱的大地。

书房后来不用了，改做成放打谷机的地方，谷子后来也不种了……

厢房一直都还住着人，但不免破落。比破落更糟糕的是各自为政，例如地面，有的人保持老式泥地，有的改了砖地，有的是水泥地，有的是磨石子地，有的是塑胶地砖……厨房也有用老式灶台的，也有装新式瓦斯的，有的仍用着大水缸，有的竟摆美式瓦斯带烤箱的大炉（不过，那是旧货，烤箱其实只作碗柜用）。

尤其令人惊讶的是，在靠近正厅不远的一间右厢房里，墙上竟不知被谁用美国蓝写了札煞疏离的Love四个大字母。

昏瞎的龙眼

后院全是些大大小小的坑，下起雨来想必是个小池塘。

“怎么回事？”

“敦化南路挖水管弄的。”

炙阳下马齿苋和野草东一丛西一丛地生得满地。

第一所工寮已在着手搭，另外还有一所工寮要搭在安和路那边。

有工人跑出来，在一口井里洗手洗脸。

“这么多年了，这井还出水吗？”

“还出水的，只是后来挖沟，水弄脏了——”

当年后院里两口井，是被当作“龙眼”来珍惜的，而现在，俯身下看，龙眼一片浓浊——龙是病了？抑是死了？

人都走光了，正午的阳光下，后院益发显得残败破落，一眼望去，跛扈的敦化南路笔直地延伸下去，右边，耀眼的芝麻酒店喧宾夺主地兀立着，正前方是尚未完工的“国家大厦”，骄傲地一标冲向青天。

独有一栋古宅这样憔悴悲伤。

我们真的要那一盏新灯吗？

工人在未完工的寮里吃水果——天气实在热——走近一看，水果竟是刚才供祖公的那些莲雾、西瓜……大概是林宅主人的好意吧，祖公想必也谅解了。

从后院绕过去，是西厢房，西厢房还住着人，自来水滴答不停，一位老太太在廊下择空心菜……

房子保持得最好的显然还是中间部分，大门前的木雕莲花，纷垂向下的花瓣中心有隐约的莲实。双螭木雕仍然细致明晰，第一进的趖瓜桐造型严密完整(又是一个拥抱的木木相衔的方式)!

正厅上那些优美无华的装饰,正厅前一片坦坦荡荡的青石板和犹自浑圆的矮礅,都好得令人扼腕叹气,要想在迁拆中没有损失恐怕是极不可能的。

阳光直逼逼地当头而下,人真的都走光了。

大门前的对联刻在石材上,年代久远了,不仔细看,真辨认不清楚:

安宅惟仁　知其所止

泰阶有道　奠厥攸居

走出林宅,忽然冲动地返身想拥抱什么,却只听得敦化南路急律律的一片车声。

我们真的要那一盏新灯吗?

后　记

拆屋的工程目前仍在进行,工程速度比预料中的快多了,但迁牌位的问题仍在,台风季又到了,令人不免为那半颓的古屋挂心。

拆下的梁柱多半完好，据说是乌心石（一般砧板也标榜用此材料，是中国南方最坚实的木材之一），但也有不少朽腐不能用的。

至于所谓完好的木材中也有不少被原住人毫不珍惜地抹上伧俗的油漆，钉上粗大的钉子，他们永远不能恢复旧观了。

在整个拆屋过程中，抵抗最力的一直是建筑界和艺术界，市政府却深怕弄出一套“法外法”来自添麻烦，而林宅的表现显然不够积极，我们所有的老宅的主人都没有弄清楚自己拥有一栋老屋的意义。古厝的悲剧因而显得很必然了。

木材目前仍堆在工寮里，用铜钉钉上号码——跟整个屋子的损失比起来，一个钉眼毕竟不算太严重，虽然我们不免期望于“一个钉眼也不留下”的时代来到。

很可庆幸的是趖瓜桐造型仍然完整，目前被裹在稻草里，我们等待它的启封之日——到那时候，在民俗村里，古厝也许是另一种形式的古厝了，但总聊胜于无吧？

同气篇

你还没有爱过

——七月七，另一种更悲壮的情人节

唐人街

钧。

那是纽约，唐人街，几张废纸被风扬起，飘了几步，然后坠下。

有人在某个交叉口上拍功夫片，一个又小又瘦的男孩拖着条辫子，对着镜头猛然把脚踢起——

八月的夜，说不上是闷热还是凄凉。你下了车，走出停车场，送我们在一片墨色中走向投宿的楼。

“什么时候——总会再见面的吧？”

“在台湾？”我们问。

“也许。”

八楼上，我们俯视模糊的唐人街，楼很旧，唐人街更旧，我忽然觉得这里每一件事看起来都显得不胜疲倦。

那是四年前的事了。

都说你“左”了，朋友们谈起你，口气立刻异样起来，但我们一到纽约，还是辗转把你的电话要到了。爬上楼梯，我们看到你年迈的父母，你的妻，你自己，以及你那被“钓鱼台事件”灼热过、被左倾的激情灌注过，而今却被囚于美国资本主义社会里“一个保险公司的职员的脸上”的眼睛。

即使是左了，朋友总还可以是朋友吧？

像京戏《群英会》里的周瑜和蒋干，如今的中国人见了面也往往必须约好“今夕只谈风月”。

坐在斗室里，我开始迷惑，那么多中国人坐在异国的屋檐下把盏话中国——盏中所注的是异国冰冻的橙汁或可乐——题目是这边的或那边的中国，以潇洒的手势。

而我，我不要站在隔岸，我既经决定纵身入火，就已放弃隔岸观火的悠闲。我在火里，和万千人比肩，这场火会焚我们成灰？抑炼我们成钢？答案总会分晓。我们要赌这一口气——跟火，也跟岸上观火的袖手人。

那天，我们分了手，在纽约唐人街沉沉的夜色里，不知为什么，那夜色常是我心上挥不掉的一抹黑。

你还没有爱过！

在台北北门口平和安静的宿舍里，家家户户种的小花小草，此起彼落地开着，你一住二十年。一个书包，来来往往地背来又背去。生字簿念烂一本又换一本。一盏灯下，你慈祥的姥姥把菜式从春韭逐渐换成冬夜的酸白菜火锅……平靖的岁月就这样过去，但你始终没有遇见“爱”，你从来不懂什么叫激情，你找不到一个烈焰腾腾的祭坛把自己献上——你还没有爱过！你的生命是一场空白。

那个温柔的、巨大的、坚实的、强悍的爱你还不曾经历。你还是一个笔画尚未写完的字，读不出意义来。

你还没有爱过——那种可以称之为国家民族的爱。

曾有人爱过——在千年以前。

曾有人爱过——在百年以前。

曾有人爱过——在近几十年，以及今天。

但，为什么付出者不是你我？

你还没有爱过，虽然你匆匆去找一个对象并且努力认同，虽然你让自己恍惚感到一份悲壮伟大的情操。而一转眼，地覆天翻，热忱萎落尘泥，你才发觉你在崇拜一个并不存在的神祇，你发现整个事件是一场虚空的单恋。

你仍然没有爱过。你仍然空白。

贵阳街

转过中华路，把市声留在堂皇阔大的阳光里，就到了贵阳街。

几门古炮竖在路边，猛然走过，仿佛旧日的沉响犹在耳——那个地方叫“国军历史文物馆”。

你走进去，两侧大玻璃橱里的历史静静地定了影。历史僵冷无比，也温柔无比。历史极可信，却又几乎令人不敢置信。

一截竹子，剖自广西宾阳县的莫陈村，（莫陈村？是姓莫的和姓陈的人世居的小村落吧？）那时是一九四〇年，（我们还没有出生，却有人在那年已死了。）在一场寡不胜敌的殊死战后，日本军官筑紫丰在七个学生的尸体间发现了几截竹子和其上的刻字：

终有一天，将我们的青天白日旗飘扬在富士山头！

字迹仍然清楚秀丽，是什么人从容的绝笔？（是一个姓莫的或姓陈的少年吗？）筑紫丰把竹子锯下来，起名叫“竹林遗书”，并且带到日本，在九州的福冈市像神明一样地供起来。

一九六六年，神宫的宫司把它带回台北，交还给中国人。

而今，它那样安详而不显眼地站在那里，可以是任何一个中国人于自在随便时说的一句话。可以是大劫当前、血尽泪枯时淡然的一句遗言——也可以是让侵略者倏然一惊不由得不顶礼膜拜的神物。

再转过去，一件紫斑的血衣静静地叠放着。仿佛是黄昏，那女人打好了水柔声地叫他去沐浴，一件待换的衣服放在浴缸旁——而那人再不回来了，一枚小小的取自胸膛的弹头放在旁边。一个湖南人，死在山东，在一九四六年。悲伤吗？不，那人以胸血拓下一朵红梅，那人爱过了！

两侧模糊的旧照片在絮絮地叮咛着一些什么。

有人站在卢沟桥头，在桥柱中把自己站成桥柱，在满桥数不清的石狮子中把自己站成活的狮子——那年轻的兵，他爱过了。

有人在太原城里死守巷战。

有人强渡怒江，浑忘身家。

有人在遥远的腾冲城，以血肉之躯证道。

有人在不知名的异乡，将自己不被人知的名字交给中国的大地。

有人死在海里。

有人死在蓝得亮烈的中国天空。

而终有一天，一纸降书，一排降将，一长列解下的军刀，我们赢了！

我们赢了，那不是最重要的，重要的是，那一代的中国人爱过了。

诗

有人称他为邱清泉上将，有人称他邱清泉烈士，而我要说，他是一个诗人。

号雨庵——多雅逸的别号，是诗人的别号啊！那里面有文文山和岳武穆的传承啊！

在一个“暖日照融千树雪，寒风吹散满天云”的十二月，他迎接战胜而归的莫伦生，占一首七律：

汗马黄沙百战勋
神州多难待诸君
从来王业归汉有
岂可江山与贼分
……

那是以剑写的诗，那是以枪圈点的诗，那不是中文系里平平仄仄的产品。而在“第二兵团驻徐办事处”的用笺上（一张怎样的诗笺），他匆匆写下凄怆的五古：

……

何处是青山

定多杜鹃血

入夜秋风起

云浮月明灭

鸿雁何悲鸣

征夫心胆裂

故园人岂知

天涯愁肠结

所谓战争和诗，在根本上应该是一种事业——都是沾血来写的一种事业。

而在芝山岩，情报局，那些遗书无声地挂在墙上，一封封，丈夫写给妻子的，女孩写给姐姐的。一股羁不住的豪情，一些斩不断的牵绊。你仿佛听到有声音破纸而出，大声地喊你，喊醒你血液里沉睡的什么。

那些恻恻的语言，怎能不是诗。

赵锡光，香江学院毕业，有一张属于书生的温文尔雅的脸，死于

三十九岁,他给妻子的信平静而深情:

巧云:

当您看到我亲笔留给您(的)这封信的时候,那么就是我已经不在人间了。这您一定会痛不欲生的。

可是,您要知道,您的丈夫,我,是在这个国难家破的时候勇敢光荣地为国家牺牲了的。所以,这您该感到万分的骄傲,不应悲伤。不但不应该悲伤,更应该坚强地做人,愉快地生活,耐心教养我俩的爱女"世惠",孝顺爸妈,这样您才算是一位贤妻孝女,更才算是一个有理性有知识有教育有情感的女性。巧云,我深知您是一个洁贞的贤妻良母,兼之我俩相爱甚笃,故无论我生或死,您都不会有二心两志的,可是,巧云,您要知道,现在您正是青春之年,一个年轻的女子没有丈夫是最不方便和容易受人欺侮的。同时爸妈又只有您这一个独生女儿,别无子嗣,他俩老人家年纪又大了,因此无论如何您都需要有一位常在您身边而忠实可靠健康的丈夫,那么您及你爸妈才有所依靠……绝不可为了我俩夫妻爱情就坚志不肯再次婚嫁……待世惠长大后希望您能使她知道她的爸爸……巧云,听话吧,不要悲伤,如真是说人死后还有灵的话,那么,我会保佑你母女的……巧云……盼望你珍惜保重……

陈实曾是个山东大汉，刻苦自励，却意外的有一手漂亮的字。

淑媛：

我要出海了，我的任务很艰巨，做一个军人的妻子，要比军人还要勇敢。如果真有那么一天（也许不会），那也是军人的归所，何况人生自古谁无死，你不要太悲伤，因为我们有五个孩子，需要你照料。

我想不会像我想的那么坏，但是我却希望在你的心里有个准备，才不会被突如其来的打击打倒。

孩子们要好好照料，叫他们都能受良好的教育，不要放弃你的工作，这样在精神上有个安慰，临行匆匆，不多写了，希望你多自珍重。

那些人也有智慧，那些人也有爱情，那些人也有对人世的依恋，那些人是比一切诗人更其诗人的，而他们却死了，无数的人正跟着他们去死，他们以自己的死亡去换取我们的生存，而我们浑然不知。

他们活过了，他们爱过了，他们诗过了——你呢？

同学录

你的毕业年刊，我看过了，彩色精印，在雪白的铜版纸上。年刊里有女孩的笑靥，有那春天闹嚷嚷的杜鹃，有宁静的校园，有校园中的钟声……

但我要说的是半世纪以前民国十四年黄埔一期的那一本。在那里没有人题“鹏程万里”，在那里没有人说“前途光明”，一篇序言竟是一篇泣血的哽语，所谓生死之交，所谓袍泽深情，应该就是这样的句子：

> 开卷，见总理与全校同志之写真，万感交集，未序先泣……在我之前者为总理，在我之后者有诸生与各将士。昔日同生死共患难者，至今几不及十之七，至亲如先妣，至爱如二子，每遭国难奉电命，皆能弃置骨肉之亲于勿顾。而独于本校同志之间须臾分离，此心遂觉怦怦不自安……阵亡者四十余人……诸子折股断臂，洞胸穿肠，伤势更剧，几至残废终身，见之但有对泣而已。其中死事之尤惨者……检其遗骸，其弹颗之中脑部与胸部者，有五弹以至十一弹者，几使中正目不忍睹……言念及此，能不痛心？呜呼！吾校同志，前仆后继，每于肉搏登城碧血淋漓之

时，毫无悸怖状，且浩然捐生，乐如还乡。其果何为而使然也？无他，总理主义之所感，而诸生精诚之所出也。今先于我者总理既长逝，后乎我者诸生亦多沦亡，而惟留不先不后不死不活之中正，贻笑于世。天下之至难堪悲戚酸楚而不能忍者，孰过于此？古人以苟活为羞，而其痛苦有甚于身死者！余视今日师长之死，与我学生将士之死，其难言之隐痛，实过于余之身死……每于梦中哭笑啼泣，家人常为之震惊不置，及余醒后，恍惚几不自知其所以然，但觉对我已死之同志，凄惨悲伤黯然消魂而已……

而在六期的序里，你看到的仍是那样剖心沥肝的句子：

苍茫四顾，万感交集，第六期同学录序，不知应从何序起。诸同学试一张目以视，一闭目以思，人间何世？反动势力是否完全消灭？破坏和平统一之新军阀是否敛迹？不平等条约是否取消？国防军队是否健实？帝国主义者之进攻是否轻于前？……一言以蔽之，今日中国之革命，是否已完全？今日国家之危急，民众之痛苦是否已较第一期第二期第三期第四期第五期各期同学毕业时为佳？

而学生们照例把照片剪成椭圆形，那些名字和通讯处总令我惊奇。

王新民　年二十　徐州睢宁城内恒泰号转

恒泰号？恒泰号是一个南货店还是个杂货铺？

郭孝言　年十九　镇江城内小市口杜宅后院

杜宅后院？他是怎么从深深的后院走出来跑到黄埔去的？那其间有一个怎样长长的故事？

张个臣　年二十四　陕西宁陕县关口街

张个臣？是出于《大学》那本书里“若有一个臣”的句子吧？还戴着眼镜，一个认真的男孩。

章　甫　年二十三　湖南永州老县门口章吉祥药号交

章吉祥药号？一个瓶罐井然的中药铺？他是怎样蜕变为方脸扬眉的军人？

李慕孙　年二十二　广东新丰街永生堂转

李慕孙？是慕孙中山吧？

张慕陶　年二十七　湖北鄂城县张义顺鱼行

鱼行？是鱼米之乡的地方来的吧？

张　衡　年二十五　浙江海门大荆镇张裕大酒坊

酒坊？那男孩会在魂梦中想起故园芳烈的气息吗？

李亚丹　年二十二　湖南岳州桃林喻义兴宝号转旧屋李家

李家旧屋？那是怎样庭院深深瓦漏墙圮的一个地方？

蔡轶伦　年二十一　江苏奉贤南桥镇徐永馨花行交

花行？也有军人是来自花行的吗？

郑良思　年二十五　福建福州南台洋头口大井同宝成烛芯店转

烛芯店，那是怎样的一种风光？

张情侠　年二十一　上海法界蓝维霭路元昌米行交

奇怪的名字，情侠，是逃家出来以后自己偷取的吧？

只为一声戍角，那些好男儿从稻田从麦田从高粱田，从商行，从药铺，从磨坊，从鱼行，从杂货铺，从酒坊一一走出来，就这样，走出一番新翠照眼的日月山川，不知为什么，越读那些土里土气的小地名，越觉有万千王师的气象，每翻一张扉页，竟觉得在腕底翻起的是飒飒然的八方风雨。

怎么也曾有如此一本同学录，没有彩色，只有风雨。

看五十年前的少年，如今剩两鬓花斑，但他们活过，他们爱过。

我们注定要为一个什么而燃烧，我们要狠狠地爱一场，只是，去爱什么呢？去为什么而自焚呢？为一个不存在的谎言？抑或为一则确凿的信仰？

你呢?

今夕何夕?

坐在软椅上,从头皮到脚趾完好无一寸伤痕的你,身体发肤不着一丝烟熏火燎的你,在冰箱里寻找冰冻橙汁、可乐或七喜的你——

你,还没有爱过。

——原载一九七九年七月《联合报》

大型家家酒

事情好像是从那个走廊开始的。

那走廊还算宽，差不多六尺宽，十八尺长，在寸土寸金的台北似乎早就有资格摇身变为一间房子了。

但是，我喜欢一条空的走廊。

可是，要“空”，也是很奢侈的事，前廊终于沦落变成堆栈了。堆的东西全是那些年演完戏舍不得丢的大件，譬如说，一张拇指粗的麻绳编的大渔网曾在《武陵人》的开场戏里象征着挣扎郁结的生活的，两块用扭曲的木头做的坐墩，几张导演欣赏的白铁皮，是在《和氏璧》中卞和妻子生产时用来制造扭曲痉挛的效果的……那些东西在舞台上，在声光电化所组成的一夕沧桑中当然是动人的，但堆在一所公寓四楼的前廊上却猥琐肮脏，令人一进门就为之气短。

事情的另外一个起因是由于家里发生了一件灾祸，那就是余光中先生所说的“书灾”。两个人都爱书，偏偏所学的又不同行，于是各人买各人的。原有的书柜放不下，弄得满坑满谷，举步维艰，可恨的是，下次上街，一时兴奋，又忘情地肩驮手抱地成堆地买了回来。

当然，说来书也有一重好处，那时新婚，租了个旧式的榻榻米房子，前院一棵短榕树，屋后一片猛开的珊瑚藤，在树与藤之间的十坪空间我们也不觉其小，如果不是被左牵右绊弄得人跌跌撞撞的书堆逼急了，我们不会狗急跳墙想到去买房子。不料这一买了房子，数年之间才发现自己也糊里糊涂的有了“百万身价”了,邱永汉说“贫者因书而富”,在我家倒是真有这么回事,只是说得正确点,应该是“贫者因想买房子当书柜而富”。

若干年后,我们陆续添了些书架。

又若干年后,我把属于我的书,一举搬到学校的研究室里,逢人就说,我已经安排了“书的小公馆”。书本经过这番大移民倒也相安了一段时间。但又过了若干年,仍然“书口膨胀”,我想来想去,打算把一片九尺高、二十尺长的墙完全做成书墙。

那时刚放暑假,我打算要好好玩上一票,生平没有学过室内装潢,但隐隐约约只觉得自己会喜欢上这件事。原来的计划只是整理前廊,并做个顶天立地的书柜,但没想到计划愈扯愈大,“一室之不治,何以天下为?”终于决定全屋子大翻修。

天热得要命,我深夜静坐,像入定的老僧,把整个房子思前想后的参悟一番,一时之间,屋子的前世此世和来世都来到眼前。于是我无师自通的想好了步骤,第一,我要亲自到全台北市去找材料,这些年来我已经愈来愈不佩服“纯构想”了,如果市面上没有某种材料,设计图的构想就不成立。

我先去找磁砖,有了地的颜色比较好决定房间的色调,磁砖真是漂亮的东西——虽然也有让人恶心想吐的那种。我选了砖红色的窑变小方砖铺前廊，窑变砖看来像烤得特别焦脆香滋的小饼，每一条纹路都仿佛火的图案，厨房铺土黄，浴室则铺深蓝的罗马磁砖，为了省钱算准了数目只买二十七块。

两个礼拜把全台北的磁砖看了个饱，又交了些不生不熟的卖磁砖的朋友，我觉得无限得意。

厨房流理台的估价单出来了，光是不锈钢厨具竟要七八万，我吓呆了，我才不买那玩意，我自有办法解决。

到建国南路的旧料行去，那里原是我平日常去的地方，不买什么，只是为了转来转去的去看看那些旧木料、桧木、杉木、香杉……静静地躺在阳光下、蔓草间。那天下午我驾轻就熟地去买了一条八尺长的旧杉木，只花三十块钱，原想坐出租车回家，不料木料太长，放不进，我就扛着它在夕阳时分走到信义路去搭公车，姿势颇像一个扛枪的小兵。回到家把木头刷上透明漆，纹理斑节像雕塑似的全显出来了，真是好看。我请工人把木头钉在墙上，木头上又钉些粗铁钉（那种钉有手指粗，还带一个九十度的钩，我在重庆北路买到的，据说原来是钉铁轨用的），水壶、水罐、平底锅就挂在上面，颇有点美国殖民地时期的风味。

其实，白亮的水壶，以及高雄船上卖出来的大肚水罐都是极漂亮的东西，花七八万块买不锈钢厨具来把它们藏起来是太可惜了。我甚至觉得一只平底锅跟一个花钵是一样亮眼的好东西,大可不必藏拙。

我决定在瓦斯炉下面做一个假的老式灶,我拒绝不了老灶的诱惑。小时候读过刘大白的诗,写村妇的脸被灶火映红的动人景象,不知道是不是那首诗作怪,我竟然真的傻里傻气地满台北去找生铁锻铸的灶门。有人说某个铁工厂有,有人说莺歌有,有人说后车站有,有人说万华有……我不管消息来源可不可靠,竟认真地一家一家地去问。我走到双连,那是我小时候住过的地方,走着走着,二三十年的台北在脚下像浪一样地涌动起来。我曾经多爱吃那小小圆圆中间有个小洞的芝麻饼,(咦!现在也不妨再买个来吃呀!)我曾在挤得要死的人群里惊看野台戏中的蚌壳精如何在翻搅的海浪中载浮载沉。铁路旁原来是片大泥潭,那些大片的绿叶子已经记不得是芋头叶还是荷叶了,只记得有一次去采叶子几乎要陷下去,愈急愈拔不出脚来……

三十年,把一个小女孩走成一个妇人,双连,仍是熙熙攘攘的双连。而此刻走着走着,竟魔术似的,又把一个妇人走回为一个小女孩。

天真热,我一路走着,有点忘记自己是出来买灶门的了,猛然一惊,赶紧再走,灶门一定得买到,不然就做不成灶了。

“灶门是什么?”一个年轻的伙计听了我的话高声地问他的老头家。

我继续往前走。那家伙大概是太年轻了。

“你跟我到后面仓库去看看。”终于有一位老头答应我去翻库存旧货。

“唉哟,”他唠唠叨叨地问着,“台北市哪有人用灶门,你是怎么会想到用灶门的?”

天,真给他翻到了！价钱他已经不记得了,又在灰尘中去翻一本陈年账簿。

我兴冲冲地把灶门交给泥水工人去安装,他们一直不相信这东西还没有绝迹。

灶门里头当然没有烧得哔剥的木柴,但是我也物尽其用地放了些瓶瓶罐罐在灶肚子里。

不知道在台北市万千公寓里,有没有哪个厨房里有一个“假灶”的,我觉得在厨房里自苦了这么多年,用一个棕红色磁砖砌的假灶来慰劳自己一下,是一件言之成理的事。自从有了这个灶,丈夫总把厨房当作观光胜地引朋友来看,有些人竟以为我真的有一个灶,我也不去说破它。

给孩子们接生的英国大夫退休了,他有始有终地举行了结束仪式。过不久，那栋原来是诊所的日式房子就拆了。有一天，我心血来潮，想去看看那房子的旧址。曾经也是夏天，在那栋房子里，大夫曾告诉我初孕的讯息，我和丈夫，一路从那巷子里走出来，回家，心里有万千句话……孩子出生，孩子在诊所那小小的婴儿磅秤愈秤愈大，终于大到快有父母高了……

而诊所，此刻是废墟，我想到那湮远的生老病死……

忽然，我低下头来，不得了，我发现了一些被工人拆散的木雕了，我趴在地上仔细一看，禁不住怦然心动，这样美丽！一幅松鼠葡萄，当下连忙抱了一堆回家。等天色薄暮了，才把训练尚未有素而脸皮犹薄的丈夫拉来，第二次的行动内容是拔了一些黄金葛，并且扛了一张乡下人坐的那种条凳，浩浩荡荡而归。

那种旧式的连绵的木雕有些破裂，我们用强力胶胶好，挂在前廊，又另外花四十元买了在旧料行草丛里翻出来的一块棕色的屋角瓦，也挂在墙上，兴致一时弄得愈来愈高，把别人送的一些极漂亮的装潢参考书都傲气十足的一起推开，那种书看来全是为占地两英亩的房子设计的，跟我们没有关系。我对自己愈来愈有自信了。

我又在邻巷看中了一个陶瓮，想去“骗”来。

我走到那家人门口，向那老太婆买了一盆一百块的植物，她是个“业余园艺家”，常在些破桶烂缸里种些乱七八糟的花草，偶然也有人跟她买，她的要价不便宜，但我毫不犹豫地付了钱，然后假装漫不经心地指着陶瓮说：

“把那个附送给我好不好?”

“哦，从前做酒的，好多年不做了，你要就拿去吧!”

我高兴得快要笑出来，牛刀小试，原来我也如此善诈，她以为我是嫌盆栽的花盆太小，要移植到陶瓮里去。那老太婆向来很计较，如果让她知道我爱上那只陶瓮，她非猛敲一记不可。

陶瓮虽然只有尺许高容量却惊人，过年的时候，我把向推车乡下人买来的大白菜和萝卜全塞进去，隐隐觉得有一种沉坠坠喜孜孜的北方农家地窖子里的年景。

过年的时候存放阳明山橘子的是一口小水缸，那缸也是捡来的，巷子里拆违章建筑的时候，原主人不要的。缸平日放我想看而一时来不及看的报纸。

我们在桶店里买了两个木桶，上面还有竹制的箍子，大的那只装米，小的那只装糖，我用茶褐色把桶子的杉木料涂得旧兮兮的，放在厨房里。

婆婆有一只黑箱子，又老又笨，四面包着铁角，婆婆说要丢掉，我却喜欢它那副笨样子，要来了，当起居室的茶几。箱子里面是一家人的小箱子，我一直迷信着“每个孩子都是伴着一只小箱子长大的”，一只蝉壳，一张蝴蝶书签，一个茧，一块石头，那样琐琐碎碎的一只小盒子的牵挂。然后，人长大了，盒子也大了，一口锅，一根针，一张书桌，一面容过两个人三个人四个人的镜子……有一天才发现箱子大成了房子，男孩女孩大成了男人女人，那个盒子就是家了。

我曾在彰化买过五个磬，由大到小一路排下去，现在也拿来放在书桌上，每次累了，我就依次去敲一下，一时竟有点“古木无人径，深山何处钟”的错觉。

我一直没发现玩房子竟是这么好玩的，不知道别人看来，像不像在办“家家酒”？原来不搞壁纸、不搞地毯也是可以室内设计的。

我第一次一个人到澎湖去的时候，曾惊讶地站在一家小店门口。

“那是什么？”

“鲸鱼的脊骨，另外那个像长刀的是鲸鱼的肋骨。”

“怎么会有鲸鱼的骨头的？”

“有一条鲸鱼，冲到岸上来，不知怎么死了，后来海水冲刷了不知多少年，只剩下白骨了，有人发现，捡了来，放在这里卖，要是刚死的鲸鱼，骨头里全是油，哪里能碰！”

“脊椎骨一截多少钱？”

“大的一截六百。”

我买了个最大的来，那样巨大的脊椎节，分三个方向放射开来，有些生物是死得只剩骨头也还是很尊严高贵的。

我第二次去澎湖的时候，在市场里转来转去，居然看到了一截致密的竹根牛轭，喜欢得不得了，我一向以为只有木料才可以做轭，没想到澎湖的牛拉竹轭。

“你买这个干什么？”

虽然我也跟别人一样付一百八十元，可是老板非常不以为然。我想告诉他，有一本书，叫《圣经》，其中《马太福音》里有一段是这样说的：

> 你们应当负我的轭，学我的样式。

我又想说：

“负轭犁田的，岂只是牛，我们也得各自负起轭来，低着头，慢慢地走一段艰辛悠长的路。”

但我什么也没有说，只一路接受些并无恶意的怪笑，把那副轭和丈夫两人背回台北来。

对于摆设品，我喜欢诗中“无一字无来历”的办法，也就是说，我喜欢有故事有出身的东西。

而现在，鱼骨在客厅茶几上，像一座有着宗教意味的香炉。轭在高墙上挂着，像一枚“受苦者的图腾”。

床头悬的是一副箩筛，因为孔多，台湾人结婚用它预兆百子千孙，我们当然不想百子千孙，只想两子四孙，所以给筛子找了个“象征意义”，筛子也可以表示“精神绵延”，不过，这些都无关紧要，基本上我是从普通艺术的观点去惊看筛子的美感。筛子里放了两根路过新墨西哥州买的风干红玉米和杂色玉米。两根印第安人种的玉米，怎么会跑到中国人编的箩筛里来？也只能说是缘分吧！人跟物的聚散，或者物跟物的聚散，除了用缘分，你又能用什么解释呢？

除了这些，还有一种东西，我魂思梦想，却弄不到手，那就是石磨。太重了，没有缘，只好算了。

丈夫途经中部乡下买了两把秫秸扫把，算是对此番天翻地覆的整屋事件（作业的确从天花板弄到地板）的唯一贡献。我把它分别钉在墙上，权且当作画。帚加女就是“妇”，想到自己做了半生的执帚人，心里渐渐浮起一段话，托人去问台静农先生可不可以写，台先生也答应了，那段话是这样的：

“杜康以秫造酒，余则制帚（意指“秫秸扫帚”为“取秫造酒”后的余物），酒令天下浊，帚令天下清，吾欲倾东海洗乾坤，以天下为一洒扫也。”

我时而对壁发呆，不知怎么搞的，有时竟觉得台先生的书法已经悬在那里了，甚至，连我一直想在卧房门口挂的“有巢”和厨房里挂的“燧人”斗方，也恍惚一并写好悬在那里了——虽然我还迟迟没去拜望书法家。

九月开学，我室内设计的狂热慢慢冷了，但我一直记得，那个暑假我玩房子玩得真愉快。

——原载一九七九年《中国时报》

跋

（2007 年版）

一、这本书,是一九八一年出版的,当时的出版社是“大地”,主其事的人是姚宜瑛女士,姚女士于二〇〇一年退休,“大地版”的书有许多都交吴锡清先生继续经营。

二、二〇〇七年经吴锡清先生同意,转交九歌出版社印行。

三、初版时余光中先生的序至今读来仍然令我很感动,很感谢。过了四分之一个世纪感动力还如此强大,倒也真把我吓了一跳。

四、封面用了台静农先生的字(当然是集得的),在台湾,继于右任先生之后,我独喜台先生的字,雅正馥丽,为两岸众书法家所难及。

五、封底的石章是费名瑶先生所刻,刻的是“晓风过处”四字,特致谢。